Jakob Arjouni

Cherryman jagt Mister White

Roman

Diogenes

Umschlaggestaltung von
Monika Boss

Diogenes Verlag AG Zürich
www.diogenes.ch
200/11/52/1
ISBN 978 3 257 06755 2

Lieber Doktor Layton,
es war schön, Sie heute Morgen kennenzulernen. Wenn man das bei dem Anlass so sagen kann. Ich hatte mir unter einem Kriminalpsychologen etwas anderes vorgestellt: einen kalten schlauen Typ, der mich für den Prozess möglichst weichklopfen soll. Ich fand Sie freundlich und höflich, und Sie wussten nicht schon alles. Die meisten, denen ich seit meiner Verhaftung begegne, wissen immer alles: was meine Probleme sind, wie ich am besten mit der Sache umgehe, wie ich mich fühle und so weiter. Es tat gut, von Ihnen wie ein Unbekannter behandelt zu werden.

Morgen fange ich an, den Bericht für Sie zu schreiben.

Sie haben gefragt, ob ich nachts schlafen kann, ob ich Panikattacken oder Selbstmordgedanken habe. Meine Antwort war ziemlich stotterig, ja, nein, manchmal. Ich war aufgeregt und wollte nichts Ungenaues sagen. Jetzt hatte ich Zeit, über die Antwort nachzudenken.

Natürlich schlafe ich nicht viel. Meistens liege ich halbwach herum, die Bilder im Kopf, und manchmal packt mich die Angst, dass ich kaum atmen kann und zu hecheln anfange wie ein Hund. Dann laufe ich in der Zelle herum, so gut das geht, vier Meter vor, vier Meter zurück, oder hüpfe auf der Stelle. Irgendeine Bewegung, damit mein Körper sich entspannt, oder mein Kopf. Der Arzt hat gesagt, das Schlimmste, was passieren kann, ist, dass ich ohnmächtig werde. Wegen zu viel oder zu wenig Sauerstoff, genau verstanden habe ich es nicht. Aber dann würde sich der Atem von alleine regulieren. Ich solle nur versuchen, nicht gerade in der Nähe einer scharfen Bettkante oder so was umzukippen.

Um die Bilder zu vertreiben, habe ich mir andere Bilder zurechtgelegt. Sozusagen als Gegengift, als Notapotheke. Ich setze mich tagsüber hin und denke konzentriert an schöne Momente mit dem Ninu und Marilyn. Die präge ich mir möglichst genau ein, und wenn es nachts wieder so weit ist, zwinge ich mich, mir diese anderen Bilder vor Augen zu holen. Dabei rede ich zu den beiden wie in einem Gebet. Ich wiederhole einfache Sätze wie »Ich liebe dich«, »Vergiss mich nicht«, immer wieder, und wiege mich dabei vor und zurück. Klingt komisch, aber es funktioniert. Nach einer Weile beruhige ich mich.

Eigentlich sind die Momente immer gleich,

nichts Besonderes: Der Ninu spielt irgendwas, zum Beispiel mit einem Matchboxauto, oder er gräbt mit seiner kleinen roten Schaufel ein Loch in die Erde am Zaun; Marilyn liest ein Buch oder lackiert sich die Fußnägel; ich sitze im Gras gegen einen Baum gelehnt und gucke in den blauen Himmel. Es ist Frühling, die Sonne scheint, die Baumblätter über mir bewegen sich im Wind. Bis auf das Kratzen der Schaufel und Vogelgezwitscher ist es still. Kennen Sie das, Doktor Layton, wenn man meint, man sei völlig eins mit dem Leben? Alles stimmt, keine Fragen mehr, man ist genau dort, wo man hingehört? Mit dem Ninu und Marilyn war das an einigen Nachmittagen so. Manchmal habe ich uns Eis geholt, und fast immer wollte der Ninu irgendwann singen. Das ist auch so eine Art Gebet von mir, wenn es schlimm wird: *Es tanzt ein Bi-Ba-Butzemann.* Das singe ich zehn, zwanzig Mal hintereinander und bilde mir ein, die beiden könnten mich hören. Übers Unterbewusstsein oder so.

Dabei bin ich nicht religiös.

Wenn ich dann wieder atmen kann und einigermaßen ruhig bin, setze ich mich an den Tisch und zeichne an meinen Comics. Und irgendwann ist zum Glück Frühstück.

Außerdem, Doktor Layton, sehen Sie: Ich halte mich nicht für so schuldig, wie die Zeitungen und viele andere tun. Es sind vor allem die Bilder, die mir Angst machen. Ich stelle mir vor, das ist wie im Krieg. Man glaubt vielleicht, auf der richtigen Seite für die richtige Sache zu kämpfen, aber wie das aussieht, wenn jemand verblutet oder beim Sterben schreit, das hat mit richtiger oder falscher Sache nichts zu tun. Verstehen Sie? Im Halbschlaf die Bilder, das ist furchtbar, aber sobald ich nachdenke, geht es.

Und natürlich hoffe ich, den Ninu und Marilyn wiederzusehen. Vorher gebe ich nicht auf, da müssen Sie sich keine Sorgen machen.

Wie gesagt, morgen fange ich den Bericht an.

Mit freundlichen Grüßen,

Rick Fischer

1

Ich hatte die vier schon von weitem gesehen und gehofft, sie wären zu beschäftigt oder zu blau, um mich zu bemerken. Heiko, Mario, Robert und Vladimir. Statt wie üblich die Abkürzung über die Wiese zu nehmen, folgte ich dem Kiesweg und machte einen weiten Bogen um sie. Aber ich hatte nicht bedacht, wie laut der Kies an einem windstillen, trockenen Tag unter meinen Schritten knirschen würde.

»He, Rick!«

Ich hielt den Blick gesenkt.

»Komm her!«

»Na los!«

»Rick!«

»Ri-hik!«

»Rickilein!«

Aus den Augenwinkeln vergewisserte ich mich, dass sie keine Anstalten machten aufzustehen. Sie saßen gegen die Rückwand des Supermarkts gelehnt im Schatten der Müllcontainer, vor ihnen leere Flaschen und ein Bierkasten. Ich bemühte mich, normal weiterzugehen. Dabei sah ich angestrengt vor mich hin, als beschäftigte mich eine komplizierte Matheaufgabe.

»Wenn du nicht sofort herkommst, gibt's was!«

»Rick!«

»Eins, zwei ...«

»Zweieinhalb ...«

»Denk an euren Kirschbaum!«

Ich ließ mir nichts anmerken.

Im letzten Frühling hatten sie rostige Nägel in unseren Kirschbaum geschlagen und ihn damit vergiftet. Ein paar Monate später war er eingegangen. Mein Lieblingsbaum. Weil ich den Vereinsbeitrag nicht gezahlt hatte. Dabei war »Vereinsbeitrag« natürlich ein Witz. Es gab gar keinen Verein, und wenn, wäre ich in ihrem Verein niemals Mitglied geworden. Es ging nur um Abzocke. Vielleicht auch darum, Mafia zu spielen, wie im Kino.

»Oder an die Miezi?«

»Miezi, Miezi!«

»Miezi, Miezi, Miezi – platsch!«

Sie lachten betrunken.

Drei Monate zuvor hatte Robert meine Katze mit voller Wucht gegen die Wand des Bienenhauses geworfen. Einfach so.

»Du hast schon wieder nicht gezahlt.«

»Ich hab kein Geld.«

»Weil du alles für die Heftchen ausgibst. Hat dir deine Tante nicht beigebracht, dass Comics dumm machen?«

Ich antwortete nicht, auch wenn ich gerne so was gesagt hätte wie: Na, dann musst du ja der super Comic-Kenner sein.

»Guck mal, was ich hier habe…«

Und er zog Tiger aus seiner Adidas-Umhängetasche, und mir wurde augenblicklich kotzübel. Robert war von allen in der Gruppe mit Abstand der Kränkste. Er schwenkte Tiger am Nackenfell in der Luft hin und her und grinste. Tiger zappelte und fauchte.

»Lass ihn los«, sagte ich und bemühte mich um einen ruhigen Ton, obwohl mir fast die Stimme wegblieb. »Bitte…!«

Gleichzeitig überkam mich ein solcher Hass, aber ich konnte nichts tun. Robert war fast doppelt so breit und mehr als doppelt so schwer wie ich, ein fettes brutales Riesenbaby.

»Ist doch ganz einfach, Rick: Du musst deine Beiträge bezahlen, dann sind wir Freunde, und du hast deine Ruhe.«

»Bitte, Robert, lass ihn los. Ich zahl ja, ich war nur in den letzten Monaten ein bisschen knapp, aber…

Ich weiß was! Ich verkauf meinen CD-Player, gleich nachher, ganz bestimmt – bitte ...«

Tiger schrie jetzt vor Wut und Schmerzen und versuchte immer wieder, den Kopf zu Robert umzudrehen, als könne er nicht glauben, dass jemand ihn so behandelte – ihn, den stolzen Herrscher über Tante Bambuschs Garten.

»Hast du das letzte Mal auch gesagt: sofort, gleich, ganz bestimmt. Und dann ... Du bist uns ausgewichen, Ricki, ich hab's gesehen. Immer hintenrum zum Lidl. Und zum Altstadtfest bist du auch nicht gekommen.«

»Aber doch nicht wegen euch. Tante Bambusch war krank, und ich ...«

»Und da hast du ihr das Bettchen gemacht, und Teechen – der butzi-butzi Ricki. Solltest sie besser richtig schwer krank werden lassen, erbst doch alles, Ricki. Und dann kannst du auch deine Beiträge immer zahlen.«

Er grinste. Tiger zappelte inzwischen nur noch mit den Beinen, fauchte hin und wieder fassungslos und warf mir verstörte Blicke zu. Ich, sein bester Freund, ließ das zu.

»Vielleicht schubs ich sie einfach mal aus Versehen, wenn sie auf dem Weg zu ihrer Kartenspielrunde ist. Weißt du? Da in der Goethestraße, wo die LKWs um die Ecke fetzen. Oder ich kick ihr den

Stock weg. Verstehst du, Ricki, du musst deine Beiträge zahlen…«

Er schwenkte Tiger durch die Luft, und ich schrie: »Hör auf!«

»…sonst geht's deiner lieben Tante wie dem kleinen Krallenmann hier: nur noch Matsch.«

Und damit holte er aus und schleuderte Tiger gegen die Wand. Er muss sofort tot gewesen sein, ich hörte nur den Aufprall und dann nichts mehr. Brüllend warf ich mich auf Robert und versuchte, seinen schwabbeligen Hals zu packen. Aber er nahm mich sofort in den Schwitzkasten, schlug mir mit der flachen Hand ins Gesicht und sagte: »Komm, reg dich ab. Ist doch nur 'ne blöde Katze. Und wer nicht hören will, muss eben fühlen.«

Seitdem hatte ich meine »Beiträge« immer gezahlt. Und wenn ich's irgendwie einrichten konnte, begleitete ich Tante Bambusch zu ihrem wöchentlichen Canasta-Termin im Café Rosengarten.

Jedenfalls war ich ihnen nichts schuldig. Wenn sie mich in dem Moment draußen beim Supermarkt riefen und mir drohten, war das ein Bruch unserer Abmachung. Naja, Abmachung … Aber so habe ich's dann eben irgendwann für mich genannt. Manchmal habe ich mir sogar gesagt: Gut, jetzt hast du Schutz – wenn dir irgendjemand Ärger macht, kannst du dich immer an Robert und die Jungs wenden. Natürlich idiotisch, aber Sie, Doktor Layton, können sicher leicht erklären, warum man sich so was einredet.

Heiko, der Dümmste von ihnen – also, eigentlich richtig zurückgeblieben, er hätte gut hier in die Klinik gepasst, drüben zu den Koma-Wesen –, jedenfalls Heiko brauchte wie immer ein Weilchen, dann ahmte er die anderen nach: »Miezi, Miezi, Miezi – platsch!« und lachte gaga.

Mario und Vladimir schlugen ihm auf die Schultern und lachten ebenfalls. Aber nicht mit ihm, sondern über ihn. Heiko war ihr Clown. Manchmal auch ihr Opfer oder Versuchskaninchen. Einmal haben sie ihn festgehalten und mit einem Trichter einen Liter Wodka in ihn reingeschüttet. Einfach so. Um zu gucken, ob er's überlebt. Immerhin haben sie dann den Notarzt gerufen, und im Krankenhaus konnten sie Heiko gerade noch rechtzeitig den Magen auspumpen. Ein Liter Wodka auf ex, das packt kaum einer. Oder ein andermal haben sie ihn bis auf die Unterhose ausgezogen und dann mit einem Messer an verschiedenen Stellen geritzt, bis er völlig blutverschmiert war. Dann haben sie ihn vor die Haustür eines unserer Lehrer gestellt, die Klingel gedrückt und sich hinter Büschen versteckt. Der Lehrer galt als schwul, und sie hofften, er würde Heiko helfen und dabei von der Situation profitieren, ihm an den Penis greifen oder so. Aber der Lehrer war nicht blöd. Er hat Heiko vor der Tür stehen lassen und die Polizei gerufen. Der hat Heiko – nach wie vor in Unterhose und blutverschmiert – dann erzählt, er habe nur mal guten Tag sagen wollen. Die anderen haben sich frech dazugestellt und vor Lachen kaum eingekriegt. Heiko verriet sie nicht. Er verriet sie nie. Er ließ einfach alles mit sich machen. Hauptsache, sie machten etwas mit ihm.

»Komm schon, Rick«, rief Vladimir, »war nur Spaß. Dir passiert schon nichts. Wir wollen dich nur was fragen.«

Ich lief ohne aufzusehen weiter. Normalerweise wäre ich um diese Uhrzeit niemals zum Supermarkt gegangen, denn sie saßen fast jeden Nachmittag dort. Aber ich hatte Tante Bambusch versprochen, Quark zu kaufen. Am nächsten Tag sollte ihre Schwester zu Besuch kommen, und Tante Bambusch wollte ihr einen Käsekuchen backen. Sie und ihre Schwester mögen sich nicht, aber Käsekuchen mit Aprikosenkompott ist eine gemeinsame Kindheitserinnerung, und Tante Bambusch hoffte, damit eine friedliche Stimmung zu schaffen.

Auf jeden Fall: Ich musste in den Supermarkt rein, und wenn ich Pech hatte, würden sie mir folgen. Im Supermarkt gibt's nur einen Ausgang, und so besoffen, wie sie vermutlich waren, hätten sie wahrscheinlich Lust auf eine kleine Verfolgungsjagd bekommen. Sie hätten mich nicht zum ersten Mal in der Öffentlichkeit zusammengetreten.

»Ricki!«

Wieder Vladimir. Er und Mario waren die Anführer. Mario mehr der Brutale, Vladimir mehr der Hinterhältige.

»Nur 'ne Frage! Unter Freunden! Oder willst du, dass wir denken, dass du mit uns schon wieder nichts mehr zu tun haben willst...? He, was meint ihr? Gehen wir nachher mal bei Rickis Tante vorbei und fragen, warum Ricki seine Freunde so schlecht behandelt? Als wär er was Besseres. Macht mich total traurig. Vielleicht gibt sie uns zum Trost 'n bisschen Geld, damit wir uns 'n Eis kaufen können. Oder sie lädt uns ein, bei ihr fernzugucken, und brät uns 'n paar Schnitzel. Könnt ich jetzt gut gebrauchen. Und Robert spielt mit der neuen Miezi...«

Ich weiß nicht mehr genau, was ich in dem Augenblick dachte. Wahrscheinlich irgendwelche Flüche. Und wie immer wäre ich am liebsten weggelaufen. Aber es hätte nichts genützt, sondern alles nur schlimmer gemacht. Bis sie mich das nächste Mal irgendwo erwischt hätten, wären sie richtig heiß gewesen. Außerdem traute ich ihnen zu, dass sie tatsächlich zu Tante Bambusch gingen und irgendwelchen Mist erzählten. Oder Schlimmeres. Mit genügend Alkohol intus war jeder der vier fähig, eine Siebenundachtzigjährige zu beschimpfen oder sogar zu schlagen und zu quälen.

Ich blieb stehen und wandte den Kopf, als sei ich in Gedanken versunken gewesen. »Hey, Vladimir, Mario … Alles okay?«

Zögernd ging ich in ihre Richtung. Mir fiel einfach nichts Besseres ein. Hinterher denke ich über solche Situationen oft so was wie: Warum hast du nicht gerufen: Tut mir leid, muss dringend zum Arzt, ist was Ernstes. Zum Beispiel Mittelohrentzündung, da hört man dann auch schlecht. Aber im entscheidenden Moment komme ich nicht drauf.

»Nee, Rick!« Das war Mario. »Nix is okay! Wenn wir dich rufen, spurst du gefälligst! Tust ja so, als wären wir irgendwelche Penner, wo man lieber wegschaut, du Schwein!«

Mario war auffallend klein, dünn, knochig, mit blondierten Haaren und Ohrsteckern mit Hakenkreuzen. Er machte keine Umwege. Immer sofort drauf. So war er schon im Kindergarten gewesen: Gib her, oder ich hau dir in die Fresse. Dabei war er weder dumm wie Heiko, noch krank wie Robert, sondern schien für normales Verhalten einfach keine Zeit zu haben. Als hätte er Wichtigeres zu tun. Tatsächlich war Mario der Einzige von ihnen, den ich manchmal nachdenklich gesehen hatte. Wenn er irgendwo rumsaß. Als versuchte er ernsthaft, sich über etwas klarzuwerden. Bei Vladimir war ich viel mehr auf der Hut. Oder besser: Bei Vladimir war ich auf der Hut. Bei Mario musste man das nicht sein, es nützte sowieso nichts, man bekam sein Fett so schnell und überraschend ab, es blieb nie Zeit, sich zu wehren.

»He, he, Mario!« Vladimir gab Mario einen Klaps. »Nu sei mal nicht so streng. Unser Ricki – wahrscheinlich war er mal wieder irgendwo als Batman unterwegs. Ne, Ricki? Oder Superman. Was ist noch mal dein Lieblingsheld?«

Ich war inzwischen kaum mehr zehn Meter von ihnen entfernt, und alle vier schauten mich an. Ich ging noch etwa fünf Meter, dann blieb ich stehen. Selbstverständlich wusste ich, dass Vladimir sich lustig über mich machte und am Ende etwas Mieses kommen sollte. Trotzdem antwortete ich, als glaubte ich, er sei ehrlich interessiert: »Iceman.«

(Doktor Layton, ich weiß nicht, ob Sie sich inzwischen meine eigenen Comics angeguckt haben. Mein wirklicher Lieblingsheld ist natürlich Cherryman. Aber den konnte ich ihnen schlecht nennen: Ein Mann, der sich in Gefahrensituationen in einen

Kirschbaum verwandelt. Mit seinen Ästen kann er schlagen und würgen; wenn er will, trägt er giftige Früchte, und mit den Blättern stopft er Leuten das Maul, bis sie ersticken. Zum Beispiel Robert: Die Blätter drücken ihm schließlich die Hirnmasse aus den Ohren. Das klingt komisch, aber ich hab's sehr realistisch gezeichnet, und es sieht gut aus.)

Vladimir runzelte die Stirn. Während die anderen mich einfach für eine Niete hielten, spürte ich bei ihm oft Misstrauen. Als ob er mich verdächtigte, ihm etwas vorzumachen. Wahrscheinlich weil er selbst anderen ständig etwas vormachte. Dabei kann ich das gar nicht. Dazu bin ich zu langsam und vielleicht auch zu einfallslos. Natürlich habe ich Hintergedanken, aber ich tu nicht so, als ob. Von Cherryman abgesehen war Iceman mein Lieblingsheld, und danach hatte er mich gefragt. Dass Vladimir wahrscheinlich meinte, Superheldencomics seien was für Gehirnamputierte, und sich nicht vorstellen konnte, dass ich mich noch mit achtzehn Jahren ernsthaft dafür interessierte, war nicht mein Problem.

Plötzlich schlecht gelaunt, sagte er: »Toll. Iceman. Mään! Bei uns heißt das Mann! Eismann! Verstehst du?«

»Verstehe, Vladimir.«

Es war ein Reflex. Wenn er seine nationalen Sprüche klopfte, sprach ich gerne seinen Vornamen aus. Sein Vater war Russe.

»Und was macht der Tolles?«

»Er kann sich und jede Flüssigkeit in Eis verwandeln. Zum Beispiel lässt er Verbrecher im Regen festfrieren, oder er macht sich aus einer Pfütze einen messerscharfen Diskus, den er auf seinen Gegner schleudert.«

»Aha. Na, das klingt ja aufregend. Eismann ...« Vladimir sah sich zu den anderen um. »Aber was wir hier brauchen, ist kein Eismann, sondern ein Biermann – was Jungs?«

Als hätte er auf so was nur gewartet, fing Heiko augenblicklich an zu kichern und wiederholte: »Biermann!«

»Einer, der leere Flaschen in volle verwandelt. Guck, Ricki ...«, Vladimir deutete auf die Flaschen vor ihnen, »... ein echter Notfall. Biermann, hilf!«

Alle vier lachten. Jeder auf seine Art. Mario knurrte eigentlich nur.

»Wie wär's, Ricki? Bist du der Biermann? Der Retter der durstigen Storlitzer Jugend? Rächer der erschöpften Trinker? Kämpfer fürs fröhliche Beisammensein?«

»Ich ... Tut mir leid, aber ich muss für Tante Bambusch einkaufen, und sie hat mir gerade genug Geld mitgegeben, um ...«

»Aber Ricki! Wer sagt denn, dass Biermann zahlen muss? Hier, räum mal die Flaschen in den Kasten, dann hast du das Pfand, und den Rest geben wir dir.«

Wieder schauten mich alle vier an. Ich sah zur Seite. Einen Moment lang stand ich einfach nur da und starrte auf den grauen Müllcontainer. Wie der Ninu. Das macht er oft. Wenn ihm etwas nicht gefällt oder er nicht weiß, wie er reagieren soll, guckt er einfach weg und verharrt auf eine Art, als hoffe er, die Erde würde sich ohne ihn weiterdrehen und wenn er nur lange genug warte, wäre er aus der Situation raus.

Robert rülpste laut und anhaltend, und alle lachten.

Dann sagte Mario: »Hör mit dem Gespaste auf, Rick! Hol uns den Kasten Bier, oder Robert tritt dir in den Arsch!«

Robert trug ein viel zu kurzes T-Shirt, und seine nackte weiße Wampe hing über den Hosenbund. Nun nahm er sie mit beiden Händen links und rechts, ließ sie hin und her wabbeln und rief in einem Ton, als kündige er eine Show an: »Tätärätä: Fettman! Fettman kommt! Fettman rettet die Welt! Fettman setzt sich auf seinen grausamen Gegenspieler Ricki-Spasti! Wird Ricki-Spasti platzen, oder kommt er mit einem seiner fiesen Tricks noch mal davon?! Die Welt hält den Atem an! In diesem Moment auf Ihrem Supermarktparkplatz …!«

Robert zog ein Bein an und stützte sich mit der Hand am Boden ab. Ehe er aufstehen konnte, gab ich nach.

»Okay, ist gut. Ich bring euch den Kasten. Muss ja sowieso rein.«

»Na also!«

»Juhu, Biermann ist da!«

»Biermann, Biermann …!«

»Mach schon, du Pfeife«, sagte Mario und trat nach einer Flasche, so dass sie in meine Richtung rollte. Unter ihren Blicken sammelte ich die Flaschen ein und sortierte sie in den Kasten. Vladimir hielt mir einen Fünf-Euro-Schein hin. Natürlich reichte das nicht, aber das war ja klar gewesen. Ich hatte genug Geld dabei.

Als ich zehn Minuten später mit vier Packungen Quark und einem Kasten Bier um die Ecke zum Parkplatz bog, spürte ich sofort: Ihre Stimmung hatte sich verändert. Sogar Mario guckte beinahe freundlich. Vladimir rief: »Hey Ricki – super! Vielen Dank, echt nett!«

Ich stellte den Kasten vor ihnen ab. Als ich mich aufrichtete, hielt mir Vladimir einen weiteren Fünf-Euro-Schein hin.

»War nur Spaß. Natürlich musst du nicht unser Bier bezahlen. Wozu gibt's Hartz IV?«

Sie lachten. Ich steckte den Schein ein und nickte ihnen zu. »Ich muss dann mal.«

»Warte«, sagte Mario. »'ne Überraschung.«

»Wirklich, ich muss ... Tante Bambusch wartet.«

»Rick! Jetzt hör doch mal zu! Wir haben vielleicht 'nen Ausbildungsplatz für dich.«

Ich hielt inne. Was sollte das denn? »Ausbildungsplatz.« Aus Marios Mund klang allein das Wort merkwürdig. Andererseits: Was Mario sagte, meinte er fast immer ernst. Bei Vladimir hätte ich sofort überlegt, welchen Witz er machen wollte. Ausbildung zum Bierflaschenöffner oder so was.

Seit über einem Jahr suchte ich eine Lehr- oder wenigstens eine Praktikumsstelle. Seit meinem Realschulabschluss. Bestimmt wussten sie das. Und selbst wenn nicht: In Storlitz suchte fast jeder in meinem Alter einen Ausbildungsplatz. Wenn es also eine kleine Chance gab... Vielleicht hatten sie wirklich was. Vielleicht sagten sie sich: He, geben wir den Tipp doch dem blöden Rick, wenn er unbedingt arbeiten will, und dann ist er uns richtig was schuldig.

»Ja«, sagte ich.

»Und wenn ich mich nicht irre, magst du gerne Pflanzen, Blumen ...«

»Kirschbäume«, rief Robert dazwischen und lachte.

»Halt's Maul«, sagte Mario, ohne sich umzugucken. Robert verstummte.

»Jedenfalls«, fuhr Mario fort, »ist mir eingefallen, dass ein guter Freund von uns jemanden sucht für eine Stelle als Gärtner. Erst die Lehre und dann richtig einsteigen in die Firma, mit ordentlichem Gehalt und allem.«

Ich muss wohl ziemlich ungläubig und vielleicht auch ängstlich geguckt haben. Vor Aufregung, es könnte wirklich was dran sein und ich könnte es vermasseln. Meine Wunschliste fing an mit Comic-Zeichner, Gärtner, Tierpfleger.

»Keine Verarsche, Rick. Er hat uns erst vor ein paar Tagen gefragt. Naja, Vladi und ich, wir stehn nicht so auf Gärtnern, Heiko ist zu dämlich, und Robert würde alles nur kaputt machen. Und sowieso – wir haben was anderes zu tun. Aber für dich wär's perfekt. Wenn du willst, ruf ich Pascal gleich an. Die Sache hat nur einen Haken: Die Firma ist in Berlin.«

Vielleicht glaubte er wirklich, das sei ein Haken für mich. Tatsächlich gibt es Storlitzer, die sich vor Berlin fürchten. Vor der Größe, den vielen Menschen, dem Verkehr. Ich hatte mir immer gewünscht, nach Berlin zu gehen. Natürlich war ich schon oft dort gewesen, aber wenn man niemanden kennt und nichts zu tun hat ... Ich bin den ganzen Tag rumgelaufen, in die Comic- und CD-Läden und am Abend zurück. Mit dem Zug sind es knapp vierzig Minuten von Storlitz zum Berliner Ostbahnhof. Für eine Lehrstelle wollte ich die Strecke gerne jeden Tag hin- und herfahren. Wenn ich nachts nicht einschlafen konnte, malte ich mir manchmal so die Zukunft aus: Ein Zimmer in Berlin, ein Schreibtisch am Fenster, davor Häuser, Straßenlärm, S-Bahnen, ich am Comic-Zeichnen und abends mit einem Mädchen verabredet.

»Berlin ist okay«, sagte ich, bemüht, ruhig zu klingen.

»Na dann ... Mich würdest du da nicht hinkriegen, in das schwule Zeckennest.«

Heiko kicherte. »Muss Ricki arschficken! Arschficken! Arschficken!«

»Ach, Heiko ...« Mario zog seufzend sein Handy aus der Tasche. »Jetzt halt bloß die Klappe.«

Er tippte eine Nummer ein, und im nächsten Moment wurden Marios Mimik und Ton, wie ich es noch nie erlebt hatte: höflich, gefasst, aufmerksam.

»Hallo, Pascal. Mario ... Ja, alles bestens. Hör mal, ich glaube, wir haben jemanden für die Gärtnerei ... Ja, prima Kerl, sehr verlässlich, genau der

Richtige ... Nun, er steht direkt vor mir ... Genau ... Nein, aber das wird schon ... In Ordnung, morgen fünfzehn Uhr ... Wir sind da ... Also dann: Mit deutschem Gruß.«

Er klappte das Handy zu und sah mich triumphierend an. »So, mein Lieber. Morgen um drei im Biergarten. Kurzes Vorstellungsgespräch, und ich bin sicher, du kriegst den Job.«

Natürlich ahnte ich, dass das nicht alles war, Doktor Layton. Dass ich ihnen dafür etwas schuldete. Aber ich dachte, das würde ich noch früh genug erfahren. Im Moment sah ich nur Berlin und stellte mir vor, wie ich morgens am Bahnhof ankommen und durch volle, bunte Straßen zur Arbeit gehen würde und wie wunderbar das wäre. Dafür wollte ich gerne etwas tun, was ich normalerweise vermutlich lieber nicht getan hätte.

2

Doktor Layton, Sie haben mich in der letzten Sitzung gebeten, über meine Familie und Kindheit zu schreiben. Um besser zu verstehen, warum ich so geworden bin und gemacht habe, was ich gemacht habe. Ich hoffe, Sie sind nicht enttäuscht, denn viel zu erzählen gibt's da nicht. Und ob das meine Tat besser erklärt … Ehrlich gesagt wäre ich Ihnen dankbar, wenn Sie mich nicht zum Psychofall machten. Selbst wenn mir das im Prozess helfen würde: schwierige Kindheit, verborgene Gründe und so weiter. Ich finde, die Gründe für meine Tat sind ziemlich klar und haben mit meiner Kindheit nichts zu tun. Es ist furchtbar, was ich getan habe, und natürlich bereue ich es, aber getan hab's trotzdem ich. Verstehen Sie? Nicht meine familiären Verhältnisse oder der Einfluss der Stadt Storlitz. Wenn es am Ende so aussähe, als sei alles nur passiert, weil ich im falschen Moment in die falsche Umgebung hineingeboren wurde – also einfach nur aus Pech –, was soll ich denn dann von mir halten? Und was sollen andere von mir halten? Ich wäre ein Zombie. Ich könnte machen, was ich wollte – gute Sachen, schlechte Sachen –, es würde nicht zählen, weil alles von meiner Vergangenheit und Herkunft gelenkt wäre. Klar, wenn einen der Vater prügelt oder vergewaltigt oder so was – das gibt einem natürlich einen Knacks. Aber sowohl meine Eltern wie Tante Bambusch haben mich immer liebevoll und mit Respekt behandelt. Wenn meine Kindheit also ein Grund dafür wäre, was ich getan habe, dann kenne ich kaum jemanden in Storlitz, der für eine ähnliche Tat nicht fünfmal mehr in Frage käme.

Aber okay, hier ist meine Kindheit:

Als ich fünf Jahre alt war, wollten meine Eltern für einige Tage nach Augsburg fahren. Mein Vater hatte sich dort bei einer Druckerei als Korrektor beworben, und meine Mutter begleitete ihn, um sich die Stadt anzuschauen und zu sehen, ob wir dort leben könnten. Es war nicht das erste Vorstellungsgespräch meines Vaters in Westdeutschland, und wie immer, wenn meine Eltern über Nacht wegblieben, brachten sie mich zu Tante Bambusch. Ich erinnere mich genau: Es war ein verregneter Tag, ich stand mit Tante Bambusch unter dem Garagenvordach und winkte meinen Eltern zum Abschied. Sie hatten sich gerade ein neues Auto gekauft, einen gebrauchten VW Jetta, ihr erstes Westauto. Der Trabant, den sie bis dahin gefahren waren, stand hinter uns in Tante Bambuschs Garage. Da steht er heute noch. Ich habe mich immer geweigert, ihn zu verkaufen. Für mich ist es nach wie vor das Auto meiner Eltern. Und niemals werde ich in einen VW steigen.

Als der Jetta mit einem abschließenden Hupen hinter Tante Bambuschs riesiger Rosenhecke verschwunden war, beugte sich Tante Bambusch zu mir herunter, trocknete mir mit ihrer Schürze das verheulte Gesicht und sagte: »Komm, ich mach uns ein paar Pfannekuchen, dann setzen wir uns gemütlich an die Heizung und spielen eine Partie Canasta.«

Dazu muss ich erklären: Tante Bambusch ist Österreicherin und nicht wirklich meine Tante. Sie war die beste Freundin der Mutter meines Vaters. Nach dem Krieg ist sie wegen ihrem Mann, Onkel Kurt, einem überzeugten Kommunisten, nach Ostdeutschland gekommen. Darum sagt sie zu Eierkuchen Pfannekuchen und zu Pfannekuchen Krapfen.

Die Nachricht vom Unfall erreichte Tante Bambusch am Abend. Ich lag schon im Bett. Am nächsten Morgen sagte sie es mir. Aber daran habe ich keine Erinnerung. Erst wieder an Tage oder Wochen später, als ich in unserer Wohnung auf meinem

Kinderstuhl saß und Tante Bambusch und Freunde meiner Eltern versuchten, mit mir die Dinge auszuwählen, die ich behalten sollte.

In Storlitz meinten viele, der Unfall sei ein Symbol für die Wiedervereinigung. Der Ostler, den das schnelle Westauto überfordert und aus der Kurve trägt. Dabei waren in Wirklichkeit die Bremsen Schrott gewesen und der Gebrauchtwagenhändler, der meinen Eltern den Wagen verkauft hatte, ein früherer Klassenkamerad und Bekannter meines Vaters. Darum hat mein Vater ihm den Jetta ja so ungeprüft abgenommen. Wenn der Unfall also ein Symbol war, dann dafür, dass für ein bisschen schnell gemachtes Geld dich fast jeder gegen den Baum fahren lässt.

Walter Drechsler lebt immer noch in Storlitz. Inzwischen ist er von Gebrauchtwagen auf Mobiltelefone umgestiegen. Jedes Mal wenn er mich auf der Straße trifft, fängt er wieder an: Es sei nicht seine Schuld gewesen, Materialfehler, Westfirma, die ihn, den naiven Ostler, mit Ausschuss beliefert habe, und so weiter. Manchmal hatte ich Rachephantasien, aber wenn ich Drechsler oder seinen eingebildeten blöden Töchtern in echt auf der Straße begegnet bin, ist mir die Rache sofort vergangen. Da war ich dann nur noch traurig darüber, wie eben alles so war. Für Rache hatte ich meine Superhelden.

Die haben Drechslers immer wieder furchtbar bestraft. Vor Cherryman jahrelang Käpt'n Cat (nach einer meiner Katzen) und davor Batman (den habe ich einfach nachgezeichnet). Batman und Käpt'n Cat haben außerdem meine Eltern gerettet. Auf dem Papier lebten wir danach wieder zusammen. Cherryman hat sie dann nicht mehr gerettet. Da war ich dann wohl zu alt für so was.

Jedenfalls blieb ich nach dem Unfall bei Tante Bambusch, und sie wurde meine Familie. Zwar habe ich auch richtige Verwandte – die Geschwister meiner Mutter, den Bruder meines Vaters, Cousins und Cousinen –, aber viel anfangen kann ich mit denen nicht. Oder sie nicht mit mir. Und nach dem Tod meiner Eltern wollte ich sowieso mit niemandem etwas zu tun haben. Außer mit Tante Bambusch und meinen Katzen. Ein halbes Jahr nach dem Unfall wurde ich eingeschult, und die ersten zwei Schuljahre waren die Hölle. Ich konnte einfach nichts. Als wär ich im Kopf gelähmt. Tatsächlich haben meine Klassenlehrerin und der Schulleiter immer wieder versucht, Tante Bambusch dazu zu überreden, mich auf eine Sonderschule oder sogar eine für geistig Behinderte zu schicken. Aber die Ärzte haben gesagt, ich sei normal, nur sehr verängstigt und in mich verkrochen, und Tante Bambusch hat zu mir gehalten.

Geändert hat sich dann alles mit den Comics. Onkel Fabian, der Bruder meiner Mutter, hat sie mir mitgebracht. Er ist Biochemiker und hält sich für was Besseres. Ich bin sicher, er hat sich so was gedacht wie: Gott, was soll ich dem zurückgebliebenen Jungen denn schenken? Vielleicht hat er's nicht genau in den Worten gedacht, aber so in etwa. Ich weiß, dass seine Kinder, Béla und Gabrielle, immer nur sogenannte gute Bücher bekamen. Erst klassische Märchen, dann Astrid Lindgren, Erich Kästner und so was.

Ich war also acht und blätterte zum ersten Mal in einem Superman-Heft. Daneben lagen Mickey Mouse, Clever&Smart, Spiderman. Onkel Fabian sagte ohne Hoffnung: »Na, vielleicht findest du ja da ein paar Freunde.«

Später habe ich dann immer Tante Bambusch angebettelt, mir die Heftchen zu besorgen, und als ich Taschengeld bekam, habe ich sie mir selber gekauft. Das heißt: Ich habe den Zeitungsmann gebeten, sie für mich zu bestellen. Außer Mickey Mouse gab's damals nichts in Storlitz.

Durch die Comics lernte ich lesen und schreiben, und während des Schulunterrichts saß ich oft in der letzten Reihe und übte unter der Tischplatte zeichnen. So wurde ich plötzlich in Deutsch, Kunst und bald sogar in Sport richtig gut. Mich schnell bewegen, springen, rennen, Bälle werfen – das gehörte wegen der Superhelden nun einfach dazu. Tatsächlich nannten sie mich in der Schule eine Zeitlang Super-Ricki. Einerseits natürlich, um sich über meine Heftchenleserei lustig zu machen. Aber zum Teil auch aus echtem Respekt. Komischerweise – wo ich doch eher ein Einzelgänger war – wurde ich gerade im Mannschaftssport einer der Besten. Und ich muss wohl nicht erklären, Doktor Layton, wie sehr es in der Schule hilft, ein guter Fuß- und Handballer zu sein. Die folgenden zwei Jahre, dritte und vierte Klasse, wurden für mich gute Jahre.

Einmal wollte ich mich bei Onkel Fabian bedanken. Schließlich waren es seine Comics gewesen, die meinem Leben, wie ich fand, eine Wendung gegeben hatten. Onkel Fabian fand das nicht.

»Ach, die Comics«, sagte er. »Na, wenn sie dir immer noch Spaß machen, freut's mich. Aber eigentlich bist du doch inzwischen ein bisschen zu alt dafür. Mit neun könntest du ruhig mal versuchen, was Vernünftiges zu lesen. Oder ein Instrument zu lernen. Weißt du, Rick, Comics ... also ich denke, es wird Zeit, dass du dir ein wenig mehr zutraust im Leben, mehr ausprobierst, dich insgesamt mehr ins Zeug legst.«

Vielleicht hatte er recht. Aber es war brutal. Wo

ich ihm doch gerade sagen wollte, dass ich wegen ihm angefangen hatte, mich insgesamt mehr ins Zeug zu legen.

Aber so geht's mir oft mit meiner Verwandtschaft. Onkel Fabian hätte ja auch antworten können: Schön, aber ich finde, jetzt bist du langsam alt genug für was Neues, ich bring dir das nächste Mal ein paar richtige Bücher mit. Dass er mich für doof hielt, musste er doch nicht extra erwähnen, war ja sowieso klar. Aber da ich der Sohn seiner Schwester war, dachte er wohl: Warum Rücksicht nehmen, ist doch Familie. Denn nach meiner Beobachtung ist Familie oft ein Platz, wo die Leute meinen, sie müssten sich nicht benehmen. Oder die Schwester von Tante Bambusch: Die scheint den Kontakt zu Tante Bambusch sechzig Jahre lang nur gehalten zu haben, um am Ende über Tante Bambuschs Leben und Gefühle genau genug Bescheid zu wissen, damit fast jeder Satz ein Schlag und fast jeder Schlag ein Volltreffer ist.

Was ich meine: Seit meine Eltern tot sind, ist Tante Bambusch meine Familie. Aber eben keine richtige Familie, weil: Tante Bambusch war immer fair zu mir. Auch darum wäre es nicht richtig, das, was ich getan habe, mit familiären Verhältnissen zu erklären. Ich stelle mir vor, wie Tante Bambusch in der Zeitung lesen oder sich im Fernsehen von einem Reporter anhören müsste, meine Erziehung sei schuld. Es würde ihr das Herz brechen. Dabei weiß ich natürlich, Doktor Layton, dass Sie nur Ihre Arbeit machen, und trotzdem: Wenn Sie mich als eigenständigen, für seine Taten verantwortlichen Menschen sehen könnten, wäre ich Ihnen dankbar.

3

Sie saßen am Rand des Biergartens. Mario, Vladimir, Robert und ein Mann mit Anzug und Krawatte, den ich nicht kannte. Als ich vor ihrem Tisch stehenblieb, erhob sich der Mann und streckte mir lächelnd die Hand entgegen.

»Tag, Rick, freut mich sehr. Ich bin Pascal.«

Ich schätzte ihn auf Mitte bis Ende zwanzig. Was mir sofort auffiel, war seine Art von Sauberkeit. So wie öffentliche Toiletten sauber sind, wenn sie sauber sind: Da liegt meistens so eine blumig riechende, die Dinge zum Glänzen bringende Schicht Putzmittel über allem. Man weiß nicht, ob wirklich geputzt oder nur das Mittel aufgesprüht wurde. Und fast immer findet sich eine vergessene Ecke, bei deren Anblick einem ein bisschen übel wird. Bei Pascal waren seine Fingernägel diese Ecke. Merkwürdig, wo er doch offensichtlich gepflegt und ordentlich wirken wollte. Der scharfe Seitenscheitel, das glattrasierte Gesicht, der Geruch nach Aftershave, das gebügelte weiße Hemd.

Sein Händedruck war übertrieben kräftig und feucht, obwohl es kühl war für Mai. Während er meine Hand schüttelte, sah er mir in die Augen, so wie Lehrer oder Beamte vom Jugendamt einem in die Augen sehen. Als wollten sie dabei sagen: Ich hab's psychologisch dermaßen drauf, ich guck dir geradewegs in die geheimste Kammer deines Herzens, versuch also bloß nicht, mich auf den Arm zu nehmen.

Dabei fällt mir auf: Sie gucken nie so, Doktor Layton. Obwohl es bei Ihnen eigentlich naheliegend wäre.

Jedenfalls weiche ich seinem Blick aus und schaue runter, und da sind diese Fingernägel in meiner Hand. Lang wie bei Gitarrespielern und unter jedem ein dunkler Rand. Ich dachte: Klar, Arbeit in der Gärtnerei. Trotzdem passte es nicht. Später, als ich dann mitbekam, dass Pascal gar nicht in der Gärtnerei arbeitete, passte es erst recht nicht. Und seine Fingernägel sahen immer so aus. Ich hab's bis heute nicht verstanden. Man sagt doch: »Einer, der sich die Hände nicht schmutzig macht«, und meint, jemand überlässt die Drecksarbeit anderen. Und genau so einer ist Pascal, nur dass er eben ausgerechnet schmutzige Fingernägel hat. Als sei tief in ihm drin etwas, das sagt: Ich geb der Welt eine Chance. Meine Saubermann-Fassade soll nicht perfekt sein. Wer genau hinguckt, bekommt die Wahrheit.

»Setz dich. Was möchtest du trinken?«

Ich sah auf ihre Gläser. Die Jungs tranken Bier, vor Pascal stand ein Kännchen Kaffee.

»Apfelsaft, bitte.«

Pascal winkte dem Kellner. Ich nickte den Jungs zu. Sie nickten zurück.

»Hallo, Ricki«, sagte Vladimir, so ruhig und ernst, dass ich seine Stimme kaum wiedererkannte. Alle drei wirkten, als ginge es um etwas sehr Wichtiges. Mario nippte nachdenklich am Bier. Robert bemühte sich, gerade zu sitzen. Vladimir zwinkerte mir zu, als wollte er sagen: Wird schon.

Vielleicht, so dachte ich für einen Moment, wollen sie einen guten Eindruck machen. Damit einer aus ihrem Ort, einer, mit dem sie immerhin zusammen zur Schule gegangen sind, eine Chance bekommt. Ich weiß nicht, wie ich solchen Unsinn denken konnte.

Nachdem Pascal den Apfelsaft bestellt hatte, strich er sich über den Scheitel – etwas, das er, wie ich bald merken sollte, oft tat, obwohl sich sein Scheitel so wenig bewegte, als sei er aufgemalt. Dann beugte er sich über den Tisch.

»Du willst also Gärtner werden, Rick?«

»Ja.«

»Bist gerne draußen, magst die Natur?«

»Ja, sehr. Meine Tante hat einen großen Garten, da habe ich schon immer viel gemacht.«

»Aha. Toll. Und was machst du da so?«

»Ach, inzwischen eigentlich alles. Meine Tante ist schon ziemlich alt. Also, ich mäh Rasen, schneid die Obstbäume, gieß das Gemüse, pflanz ein, ernte. Mit der Motorsäge säge ich Holz für den Kamin. Die Säge habe ich von meinem Vater.«

Ich weiß nicht, warum ich das gesagt habe, Doktor Layton, aber das passiert mir oft bei Fremden. Ich erwähne meine Eltern, nur so, damit sie vorkommen. Und damit ich normal wirke. Ein Achtzehnjähriger, der bei seiner Tante lebt – die Leute bekommen dann oft so einen mitfühlenden Blick.

Außerdem war ich immer stolz darauf, mit der Motorsäge meines Vaters zu sägen. Als seien wir auf diese Weise in Kontakt miteinander. Als Männer. Ich habe schon mit zwölf mit dem Sägen angefangen. Erst hat Tante Bambusch versucht, es mir zu verbieten, aber ich bin immer wieder heimlich in die Garage. Wie der Ninu. Wenn der was will, zum Beispiel irgendwohin, wo er nicht hin soll, zu einer am Baum lehnenden Leiter oder zu einem stacheligen Rosenbusch – also, da kann man ihn hundertmal wegtragen, der bahnt sich durch die Arme und Beine der Kindergärtnerinnen wie ein kleiner Bagger jedes Mal wieder den Weg. Und wenn er's heute nicht schafft, probiert er's morgen. Die anderen Kinder weinen meistens, wenn man ihnen etwas verbietet, und beschäftigen sich dann mit was anderem. Der Ninu weint nicht und gibt nicht auf.

Schließlich hat Tante Bambusch einen Bekannten gebeten, mir das Sägen mit der Motorsäge richtig beizubringen. Außerdem habe ich von meinem Vater noch Hemden, die ich gerne anziehe, mehrere Tintenfüller, seine Uhr, seinen Lieblingssessel, seine Bücher. Doch am liebsten mochte ich die Motorsäge. Die ist noch aus der DDR – also eigentlich aus Schweden importiert, die DDR stellte keine Motorsägen her. Eine *Partner 7000*. Aber das wissen Sie inzwischen ja sicher.

»Na, das klingt doch so, als wärst du genau der Richtige für uns.«

»Ich würde mich sehr freuen, Herr, ähm...«

»Mensch Rick, wir sind doch per du! Pascal.«

»Also, ich würde mich sehr freuen, Pascal.«

»Prima. Haben dir die Jungs ein bisschen erzählt, worum's geht?«

Ich wusste nicht, was er meinte. Ich dachte, es ginge um eine Gärtnerlehre. Ich sah zu Vladimir. In dem Moment brachte der Kellner meinen Apfelsaft, und alle verstummten.

Als der Kellner gegangen war, sagte Vladimir:

»Nur, dass er eine Lehre machen kann. Wir dachten, den Rest erklärst besser du ihm.«

Es war merkwürdig, wie Vladimir redete, fast ängstlich. Er schien echten Respekt vor Pascal zu haben. Ausgerechnet Vladimir. Ausgerechnet vor einem wie Pascal. Auf mich wirkte er ziemlich läppisch. Der festgegelte Scheitel, die schwarze Lederkrawatte, der Mensch-Rick-Ton.

»Nun, Rick, dann pass mal auf ...« Er sah sich kurz um, ob uns jemand hören konnte. Dabei war der Kellner schon längst wieder im Schankraum, und, wie gesagt, es war ein kühler Tag: Seit meiner Ankunft hatte niemand den Biergarten betreten, und außer uns saßen dort nur zwei Alkoholiker in dicken Jacken etwa zwanzig Meter entfernt. Sich umgucken und die Stimme senken war oberläppisch.

»Du bist doch ein guter Deutscher, nicht wahr?«

Ich verstand nicht sofort. Oder ich wollte nicht sofort verstehen.

»Ich weiß nicht.«

Er lächelte. Dabei zeigte er seine Zähne. Sie waren ein bisschen wie seine Fingernägel. »Wie heißt du noch mal mit Nachnamen?«

»Fischer.«

»Fischer – na, das ist doch ein feiner deutscher Name! Bist du doch sicher stolz drauf?«

»Auf meinen Namen?«

»Auf den Namen, deine Eltern, deine Herkunft, Deutschland.«

Inzwischen verstand ich, und Pascals Fragen waren mir unangenehm. Um ihm ein bisschen den Schwung zu nehmen, sagte ich: »Meine Eltern sind tot.«

Er stutzte und warf einen Blick zu den Jungs. Der Blick sagte: Warum habt ihr mich darüber nicht informiert?

»Das tut mir leid. Ich nehme an, du vermisst sie sehr?«

»Ja.«

Einen Augenblick schien er nicht weiterzuwissen. Vielleicht hatte er erwartet, ich würde nun von meinen Eltern erzählen und wie sie gestorben sind. Ich trank einen Schluck Apfelsaft.

»Na schön, Rick…« Ich sah, wie er seufzen wollte. Nicht aus Mitgefühl, sondern weil's gerade zäh mit mir wurde. Er verkniff es sich.

»…Worauf ich eigentlich hinauswill: Mit der Lehrstelle ist eine kleine Aufgabe verbunden. Hast du schon mal vom Heimatschutz gehört?«

Natürlich hatte ich das. Jeder hatte das. Im Fernsehen sagten sie, es sei eine Neonaziorganisation. In Storlitz sagten viele, die würden wenigstens was machen. Manche meinten den Sport, die militärischen Übungen und dass die Jugendlichen von der Straße und vom Bier weg wären. Andere meinten mehr das Politische. Tante Bambusch fand, man solle alle Heimatschützer einsperren: »Aber erzähl das bloß niemandem weiter!«

Ich antwortete: »Klar.«

»Na, wunderbar. Und was denkst du darüber?«

»Eigentlich nichts.«

»Nichts?« Er runzelte die Stirn. »Der Heimatschutz hat sich zur Aufgabe gemacht, unser Land gegen fremde Einflüsse zu verteidigen und unsere Kultur zu bewahren. Dazu musst du doch eine Meinung haben?«

Ich zuckte mit den Achseln. »Hab ich nicht.«

»Na! Das finde ich aber ganz schön unverantwortlich.« Er wandte sich an die Jungs. »Was meint ihr?«

Sie zögerten. Robert kratzte sich den Speckhals. Vladimir sah auf sein Bierglas. Ich war ihr Vorschlag.

Schließlich sagte Mario: »Rick ist schon in Ordnung. Er ist eben nicht politisch, war er noch nie. Ist mehr für sich, malt Comics, denkt sich Geschichten aus mit Batman und so. Und das ist doch genau das, was du suchst: 'ne Art Batman.«

Pascal sah zwischen Mario und mir hin und her. Ich verstand nichts. Ich dachte an die Gärtnerlehre.

Pascal lehnte sich zurück, verschränkte die Arme und betrachtete mich prüfend.

Ich sagte mir: Ein Einstellungsgespräch eben.

Schließlich fragte er: »Kennst du Juden?«

Natürlich kam das überraschend. Doch egal wie es gekommen wäre, in keinem Fall hätte ich gewusst, was ich darauf antworten sollte und wen er überhaupt meinte. In Storlitz gibt es, kann man sagen, viele Juden. Erstmal natürlich die guten – also tote oder knapp entkommene – Schulstoff- und Fernseh-Juden, gegen die wohl nicht mal einer wie Vladimir etwas hatte. Dann berühmte Juden wie Gregor Gysi oder Steven Spielberg, von dem wir in der Schule den Konzentrationslager-Film gesehen haben und nach der Schule *Indiana Jones.* Und schließlich am Imbiss-Stand, in der Bahnhofskneipe, im Zeichenbedarfsladen und beim Altstadtfest die schlechten Juden: amerikanische Juden, die den Krieg im Irak begonnen hatten, Israelis, die einfach nur das Letzte waren, Juden in Berlin, die die Ausländer nach Deutschland holten, damit sie uns die Arbeit wegnahmen, sowieso: die Ausländer – eigentlich auch alles Juden, und dann fast sämtliche Fremden, die in Storlitz auftauchten. Viele kamen nicht, aber wenn sich so eine Berliner Ausflugsgesellschaft dachte: Ach, gucken wir uns doch mal Storlitz an und trinken dort noch einen

Kaffee, bevor wir nach Hause fahren, dann war die Wahrscheinlichkeit hoch, dass in bestimmten Gegenden nach einer bestimmten Uhrzeit jemand nach einem Blick auf ihr Nummernschild sie als Saujuden beschimpfte. Denn, wie Vladimir oft getönt hatte: Berlin sei total »verjudet«. Im Grunde die ganze Welt, außer Storlitz. So gesehen hatte Mario recht gehabt früher mal im Geschichtsunterricht: »Ich hör immer Gaskammern und dass Millionen Juden umgebracht worden seien – warum gibt's denn dann heute noch so viele? Jedes Mal wenn ich die Glotze anstelle: Alles voller Juden.«

Ich antwortete: »Naja, Einstein zum Beispiel.«

»Ich meine doch, persönlich! Ob du persönlich welche kennst?«

»Ich glaube nicht. Das heißt, ich weiß nicht. Wie kann man das genau wissen? Es gibt ja kein Erkennungszeichen.«

Die Jungs kicherten. »Nein. Noch nicht.«

Pascal grinste wie ein Cowboy, mit halber Lippe. »Na, in gewisser Weise gibt's das schon. Guck ihnen nur mal auf die Nasen. Solche Dinger…!«

Mit großer Geste deutete er eine Art Rüssel an, und alle lachten. Ich nicht, obwohl ich wusste, worauf er anspielte. Wenn man in Storlitz außerhalb der Schule etwas über Juden lernt, dann dass sie hinterm Geld her sind, überall die Finger drin und große Nasen haben. Aber selbst wenn das gestimmt hätte (ich habe ja dann im Kindergarten viele gesehen, und manche haben solche Nasen, manche solche, der Ninu zum Beispiel hat eine ziemlich kleine Nase und, ohne Ihnen zu nahe treten zu wollen, Sie auch, Doktor Layton), jedenfalls selbst wenn es gestimmt hätte, wo war der Witz? So geht's mir oft. Nicht weil etwas gemein oder brutal ist, lache ich nicht, sondern weil ich's nicht lustig finde. Für viele Leute hat Lachen, so kommt's mir vor, häufig mehr mit Gemeinschaft als mit Komik zu tun.

Als Pascal sah, dass er mich auch mit wiederholtem Rüsselandeuten nicht zum Mitlachen brachte, hielt er plötzlich inne und hob die Hand. Die Jungs verstummten.

»Na gut, Rick ...« Er schaute mir in die Augen. Ich konnte es nur ahnen, er ließ sich nichts anmerken, aber ich würde sagen, er war stinksauer. »Es kommt mir fast so vor, als würdest du meinen, du seist schlauer als wir.«

Ich sagte nichts. Natürlich hielt ich mich für schlauer. In meiner Welt. In ihrer Welt waren vielleicht sie schlauer. Aber die interessierte mich nicht.

Wieder sprang Mario für mich ein. »Pascal, erklär ihm doch einfach, worum's geht. Ich versprech dir, Rick ist genau der Richtige. Erledigt alles ordentlich, damit er seine Ruhe hat – nicht wahr,

Rick? Bloß keinen Ärger. Und falls du später doch mal denkst, das eine oder andere möchtest du lieber nicht erledigen, und würdest gerne einfach verschwinden, dann weißt du ja: es gibt immer noch Tante Bambusch.«

Naja, er sprang für mich ein ... Aber dass sie mich, solange Tante Bambusch lebte, in der Hand hatten, war ja sowieso klar.

»Wenn ihr meint. Es ist euer Freund. Eure Verantwortung.« Pascal warf einen Blick in die Runde, der so was sagte wie: Letzte Chance auszusteigen. Ich dachte: Dabei ist er's doch, der jemanden für die Gärtnerei sucht. Aber mir war egal, was zwischen ihnen lief. Das Einzige, was mich interessierte, war die Lehrstelle.

»Also hör zu, Rick: Ein Bekannter von mir führt eine Gärtnerei in Berlin Wilmersdorf. Als Lehrling wirst du vormittags in der Gärtnerei helfen und lernen und nachmittags ein Praktikum in einem kleinen städtischen Park absolvieren. Dort machst du das Gleiche wie bei deiner Tante: Rasenmähen, Laubrechen, Blumengießen und so weiter. Wie klingt das?«

Ich war froh, wahrheitsgemäß antworten zu können: »Klingt toll.«

»Wunderbar. Nun zu der damit verbundenen Extraaufgabe...«

Er nahm seine Tasse und trank einen Schluck. Er ließ sich Zeit. Wahrscheinlich, um mich nervös zu machen, einfach so, weil er's konnte. Und ich wurde nervös. Dabei hatte er mir die Lehrstelle ja quasi schon zugesagt. Obwohl er mich nicht mochte. Das war klar. Aber auch das war mir egal. Und die Extraaufgabe – was konnte das schon Schlimmes sein? Heimatschutzflugblätter verteilen? Ich wollte fast allem zustimmen. Außer wenn's was Sexuelles war. Kurz dachte ich an Heikos debiles »Arschficken, Arschficken«, und so ganz traute ich Pascal, was das betraf, nicht über den Weg. Andererseits konnte er sich so was vor den Jungs nicht leisten.

Pascal stellte die Tasse ab und strich sich über den Scheitel.

»... Der Park grenzt an die Wiese eines Kindergartens. Ein Kindergarten für Juden.« Er sah kurz zum Schankraum, wohl um sich noch mal zu versichern, dass ihn außer uns niemand hörte, dann hob er die Stimme: »Einer von unzähligen jüdischen Vereinen, die zur Zeit täglich in Berlin aufmachen. Bezahlt von unseren Steuergeldern!«

Bei »unseren Steuergeldern« nickte er, als wollte er sagen: Ich weiß, du denkst, das ist unglaublich, aber es ist die Wahrheit. Tatsächlich dachte ich, dass von mir und den Jungs bestimmt nicht mal 'ne Türklinke von irgendeinem Verein bezahlt worden war.

»Nun, wir vom Heimatschutz wollen da nicht mehr einfach nur tatenlos zusehen. Immer noch kommen monatlich Tausende von russischen Juden nach Deutschland, um sich auf unsere Kosten 'nen schönen Sabbat zu machen ...!«

Er lachte. So ein spöttisches Durchblicker-Lachen. Wie der Hartmut von Station 3. Kennen Sie den, Doktor Layton? Der lacht auch immer so. Sitzt alleine rum und lacht, als könne er nicht glauben, wie verrückt die Welt ist und dass das außer ihm niemand merkt, und pisst sich dabei regelmäßig voll.

»Und warum? Weil unsere sogenannte Regierung vor lauter schlechtem Gewissen es den Juden hinten und vorne reinsteckt. Aber wir haben kein schlechtes Gewissen, und wir wollen, dass deutsches Geld für Deutsche ausgegeben wird. Das willst du doch wohl auch, oder?«

»Ich ...« *Deutsches Geld für Deutsche* – wie gesagt, mir ist solches Gerede unangenehm. Vielleicht wegen Tante Bambusch, die es hasst, vielleicht aber auch, weil ich, wie Pascal gesagt hat, was Deutschland betrifft, eher unverantwortlich bin. Aber in dem Moment ... Ach, scheiß drauf!, dachte ich.

»Ja, das will ich auch.«

»Na, also! Wir werden uns schon noch verstehen, was?«

Er lachte, wobei er die Augen zusammenkniff. Dann beugte er sich über den Tisch und gab mir einen Klaps auf die Schulter.

Ich lachte auch, als sei ich froh, dass wir uns schon noch verstehen würden, aber so, dass jeder, der mich gut kennt, gemerkt hätte, dass es nur künstlich war. Und dann gilt's natürlich nicht. So mach ich's oft – selbst wenn keiner dabei ist, der mich gut kennt. Dann schaue ich mir selber zu. Das funktioniert so ähnlich wie bei Gläubigen: Denen schaut Gott zu, und darum können sie vieles machen oder auch nicht. Zum Beispiel sich mit einem Fiesling wie Pascal verstehen, das können sie nicht, weil Gott ihnen das übelnehmen würde, aber so tun als ob, um eine Lehrstelle in der Gärtnerei zu bekommen, das können sie, weil Gott ja weiß, wie sie wirklich ticken. Naja, und weil ich aber nun nicht gläubig bin – und ich hoffe, Doktor Layton, Sie verstehen, wie ich's meine, und halten mich nicht für übergeschnappt –, also, darum bin ich dann quasi ich *und* Gott.

Übrigens: Vielleicht hat Pascal den gleichen Trick. Denn nach meiner Erfahrung ist ein Lachen mit zusammengekniffenen Augen immer ein falsches Lachen. So wie die Augen beim echten Lachen mitlachen, machen sie das – auch wenn man sich bemüht – beim falschen nämlich nicht. Aus irgendeinem Grund sind Augen, anders als zum Beispiel die Stimme, keine Hilfe beim Lügen. Damit sie ihn also nicht verrieten, kniff Pascal sie zusammen und dachte womöglich: Jeder, der mich gut kennt, würde merken, dass es, wenn ich die Augen zusammenkneife, nur künstlich ist, und dann gilt's nicht. So gesehen machten wir beide Gott oder uns nichts vor: Wir mochten uns nicht und wollten uns gar nicht verstehen, aber er brauchte einen Lehrling, und ich wollte eine Lehrstelle.

»So, und jetzt zu deiner Aufgabe, Rick: Ich möchte, dass du den Kindergarten beobachtest und deine Beobachtungen jeden Tag aufschreibst. Wie eine Art Tagebuch, verstehst du? Wie viele Kinder dort sind, wie viele Kindergärtnerinnen, welche Sprachen gesprochen werden, Russisch, Englisch, Hebräisch – womöglich mit israelischer Flagge überm Eingang! –, wann die Eltern die Kinder bringen und abholen, ihre Namen, Berufe, Herkunft – eigentlich alles, was du aufschnappst. Zwischen dem Park und der Kindergartenwiese ist ein Zaun, davor sind Blumenbeete. Da kannst du dich beim Unkrautjäten, Gießen und Umpflanzen so lange aufhalten, wie du willst, ohne Verdacht zu erregen, und bei schönem Wetter sind die Kinder fast den ganzen Tag draußen. Versteh mich nicht falsch: Was du machst, ist völlig legal, aber wir wissen ja, wie empfindlich diese Herrschaften sind. Dabei ist es selbstverständlich unser Recht als Steuerzahler, zu erfahren, wohin unser Geld geht. Allein die Bewachung des Kindergartens durch die Polizei rund um die Uhr! Da möchte man doch wissen, was das kostet, während unsere Kinder sich in anderen Bezirken vor lauter Drogendealern und türkischen Banden kaum auf die Straße trauen. Darum schreib genau auf, wie viele Beamte im Einsatz sind, wann sich die Teams abwechseln und wie sie sich mit den Juden verstehen. Für unsere Sache wär's natürlich großartig, wenn wir Beamte finden, die sich über den Dienst beschweren: Zeit- und Geldverschwendung!, und wie sie sich komisch dabei fühlen, Empfangskomitee für ein paar verwöhnte Judenbengel zu sein. Und warum? Damit kein Schulbub mal ein kleines Hakenkreuz an die Mauer kritzelt. Weil…«, Pascal grinste wieder cowboymäßig, mit halber Lippe, »…sonst nämlich irgendeine Sarah Taschen-voll gleich das Gas zischen hört und vor Schreck in ihrer Charlottenburger Acht-Zimmer-Wohnung in Ohnmacht fällt und sich den Kopf an der Kante ihrer goldenen Badewanne zerschlägt.«

Die Jungs knurrten amüsiert.

»Was meinst du, Rick, kriegst du das hin?«

Ich würde gerne schreiben: »Ich zögerte«, einfach weil's von heute aus gesehen wohl normal gewesen wäre. Tat ich aber nicht. Im Gegenteil: Ich sagte schnell und ziemlich erleichtert: »Klar.«

In dem Moment schien es mir weder eine schwere noch eine unannehmbar schäbige Aufgabe zu sein. Jedenfalls im Vergleich zum Flugblätterverteilen, »Ausländer raus!« oder so was. Außerdem hätte mich beim Flugblätterverteilen ein Bekannter sehen und es Tante Bambusch oder meinen Freunden erzählen können. Meine Freunde sind eher links, jedenfalls nicht rechts, und wenn die gehört hätten, dass ich für die Nazis arbeite ...

Dagegen aufschreiben, wie viele Polizisten den Kindergarten bewachen – ich sagte mir, Pascal und seine Leute wollen eben wissen, wie viel Geld in den Kindergarten fließt, um das politisch auszuschlachten. So was passiert schließlich dauernd. Irgendein Bürgermeister wird vom Gegenkandidaten beschuldigt, seinen Freunden Bauland zugeschustert oder seine Freundin als Sekretärin eingestellt zu haben. Solches Zeug. Naja, und Pascals eklige Sprüche vergaß ich einfach. So ungewöhnlich waren sie in Storlitz sowieso nicht.

Jedenfalls: So wie es aussah, hatte ich eine Lehrstelle in Berlin, und das überstrahlte in dem Moment alles.

Als ich wenig später mit der Adresse und Telefonnummer der Gärtnerei und Pascals Handynummer in der Tasche aus dem Biergarten trat, dachte ich: Jetzt geht's los! Mein Herz begann zu pochen, und wie früher nach der Schule, wenn ich es nicht erwarten konnte, Tante Bambusch die Neuigkeiten zu erzählen, rannte ich quer über Parkplätze und Felder nach Hause.

4

Doktor Layton, Sie haben mich gefragt, ob ich wirklich geglaubt hätte, das Ausspionieren des Kindergartens sei alles, was der Heimatschutz von mir verlangen würde. Ehrlich gesagt, habe ich mir darüber in den folgenden Wochen kein einziges Mal Gedanken gemacht. Im Nachhinein kommt mir das auch komisch vor, aber damals – ich war von meinem neuen Leben einfach so mitgerissen.

Nach dem Treffen im Biergarten habe ich noch am selben Nachmittag die Gärtnerei angerufen. Herr Dirksen hatte meinen Anruf wohl erwartet. Er war sehr freundlich am Telefon, erklärte mir genau, wie ich mit S- und U-Bahn zur Gärtnerei käme und dass ich mir am besten gleich bei der Ankunft in Berlin bei einem S-Bahn-Schalter ein Monatsticket für Auszubildende kaufte.

»Der erste Monat ist Probezeit, Herr Fischer, und die werden wir ja wohl überstehen...«

Er lachte, und ich lachte auch – einfach weil ich

mit Berlin telefonierte, und Berlin meinen Namen kannte.

»Nehmen Sie feste Arbeitskleidung mit und am besten ein paar Gummistiefel. Mittags gehen wir meistens zusammen zum Metzger, aber wenn Sie Vegetarier sind oder irgendwelche anderen Vorlieben haben, können Sie sich natürlich auch Ihr eigenes Essen mitbringen. Um sechs ist Feierabend. Suchen Sie sich schon mal die Zugverbindungen zurück nach Storlitz raus, nicht dass Sie den letzten verpassen.«

Und am nächsten Montag klingelte um sechs der Wecker, und um sieben bestieg ich mit Arbeitskleidung, Gummistiefeln und zwei Fünfzig-Euro-Scheinen von Tante Bambusch den Zug nach Berlin Hauptbahnhof.

Sehen Sie, Doktor Layton, Sie leben seit langem in Berlin und haben erwähnt, Sie hätten Familie in den USA. Bitte nehmen Sie's mir nicht übel, aber ich glaube, Sie können sich nur schlecht vorstellen, wie das ist, wenn man das ganze Leben in Storlitz verbracht hat und nun jeden Morgen auf dem Weg zu einem Arbeitsplatz nicht weit vom Ku'damm ist.

Wenn Tante Bambusch »Ku'damm« sagt – also: »Ja, am Ku'damm, da kann man schön einkaufen«, oder »Als wir damals am Ku'damm Kaffeetrinken waren«, oder so was –, da bekommt ihre Stimme immer etwas Andächtiges, und manchmal schließt sie sogar kurz die Augen, als beiße sie auf eine besonders feine Praline. Oder Herr Dirksen: »Von der Gärtnerei sind Sie mit der U-Bahn in zehn Minuten am Ku'damm. Nach der Arbeit können Sie da noch ein bisschen rumbummeln. Da erleben Sie was!« Über Storlitz hat das noch keiner gesagt. Geschweige denn wie beim Biss in eine Praline die Augen geschlossen. Höchstens wie beim Zahnarzt.

Verstehen Sie? Ich fühlte mich wie im Rausch. Die ersten fünf Wochen war ich auch gar nicht im Park, sondern von morgens bis abends in der Gärtnerei. Da habe ich nur einmal mit Pascal telefoniert und ihm gesagt, dass das mit dem Praktikum noch dauert, weil ich erst mal Probezeit habe. Natürlich dachte ich, dass Dirksen ihn darüber schon informiert hatte, aber ich wollte guten Willen zeigen.

Ansonsten vergaß ich Pascals Auftrag komplett. Ich freute mich, wenn morgens der Wecker klingelte, fuhr durch meistens blaue, sonnige Frühlingstage nach Berlin, verbrachte acht Stunden mit Blumen, Bäumen, Erde, Wasserschläuchen, aß mittags mit den Kollegen beim Metzger Schnitzel oder Gulaschsuppe, ging nach der Arbeit oft noch ein, zwei Stunden alleine durch die Stadt, kaufte mir ein Eis oder trank ein kleines Bier, ehe ich den Zug nach Storlitz nahm. Zu Hause aß ich mit Tante

Bambusch zu Abend, erzählte ihr vom Tag und was ich Neues gelernt hatte. Sie war sehr stolz auf mich, und ich war sehr glücklich.

Dazu kam, dass ich mich schon gleich bei der dritten oder vierten Fahrt nach Berlin in Marilyn verliebte. Also, verliebte … Sie saß im selben Abteil und fiel mir auf mit ihrem bunten Kleid, ihrem runden fröhlichen Gesicht und ihren frechen Augen. Am nächsten Morgen suchte ich die Waggons nach ihr ab. Einfach so, weil sie so schön gewesen war. Und tatsächlich, da saß sie wieder, und ich suchte mir einen Platz, von dem aus ich sie sehen konnte. Das tat ich dann jeden Morgen. Ich hatte gleich vermutet, dass sie wie ich zur Arbeit fuhr. Ihre Unaufgeregtheit, ihre Art auf die Uhr zu schauen. Aber in kein Büro oder so was. Ihre Kleidung war einfach und praktisch, meistens Jeans und Kapuzenjacke, Sneakers oder braune Schnürstiefel. Ihre Fingernägel waren kurz, sie trug kein Make-up, und in ihrer Tasche hatte sie immer einen warmen Pullover, eine Flasche Wasser, eine Tüte Kekse, ein Buch und einen iPod. Meistens las sie während der Fahrt oder setzte die Kopfhörer des iPods auf, hörte Musik und sah zum Fenster raus. Ein paar Tage überlegte ich, ob ich mir auch einen iPod kaufen sollte, so wären wir vielleicht ins Gespräch gekommen. Aber das war mir dann zu teuer. Stattdessen wartete ich auf eine Gelegenheit, ihr zu helfen. Etwas aufzuheben, das ihr runtergefallen war, eine schwere Tasche zur Tür zu tragen oder so was. Das mache ich meistens so. Zwei Wochen später ergab sich endlich die Gelegenheit: Marilyn hatte zwei Körbe Kirschen dabei. Ich half ein bisschen nach und rempelte sie auf dem Weg zur Tür an. Wir sammelten die Kirschen ein und hätten fast den Ausstieg verpasst. Auf dem Bahnsteig habe ich sie dann gefragt, ob ich sie zum Ausgleich zu einer Cola oder so was einladen dürfe.

Wenn ich also schreibe, dass ich mich gleich bei einer der ersten Fahrten verliebte, meine ich: ich begann, immer öfter an Marilyn zu denken, mich morgens auf ihren Anblick zu freuen und mir alles Mögliche mit ihr auszumalen. Sowieso war ich in der Zeit, könnte man sagen, grundsätzlich verliebt: ins Leben nämlich. Hätte Marilyn nicht im Zug gesessen, wäre ich bestimmt für ein anderes Mädchen ins Schwärmen geraten.

Verstehen Sie, Doktor Layton? Vieles schien sich für mich zum Guten zu wenden, das wollte ich mir durch nichts kaputtmachen lassen. Hätte mich in der Zeit jemand gefragt, ob ich etwas mit dem Heimatschutz zu tun habe, hätte ich wahrscheinlich geantwortet – und es wirklich geglaubt, einfach weil ich es glauben musste, weil sonst alles vor mir zusammengefallen wäre –, also ich hätte so gesehen wahrheitsgemäß geantwortet: »Nein.«

Nur manchmal, wenn ich abends im Bett lag, die Gedanken bei Marilyn oder der Gärtnerei, schob sich plötzlich Pascals Cowboygrinsen ins Bild, und ich hörte seine Stimme: »Kennst du Juden?« oder: »Fischer – na, das ist doch ein feiner deutscher Name!«

Ich redete mir dann einfach ein, Pascal hätte mich und den Auftrag vergessen. Das fiel mir nicht schwer. Den Jungs begegnete ich nicht, weil ich den ganzen Tag in Berlin war, und Pascal hatte bei unserem einzigen Telefonat gesagt, er würde sich erst wieder melden, wenn ich mein Praktikum im Park anfinge. Der Einzige, der mich durch seine Anwesenheit an die Abmachung mit Pascal erinnerte, war Dirksen. Weil ich ja wusste, dass er mit Pascal in Verbindung stand. Aber Dirksen … Also, Dirksen und Heimatschutz – das brachte ich am Anfang einfach nicht zusammen. Sie haben ihn ja auf Fotos gesehen, Doktor Layton – wie Tim von Tim und Struppi, wenn Sie den Comic kennen. Tim als Sechzigjähriger. Dick und die blonde Haartolle nur noch eine über die Glatze gelegte graue Strähne, aber nach wie vor so ein glattes, unschuldiges Jungengesicht. Ich weiß noch, als ich das erste Mal in der Gärtnerei mit Dirksen arbeitete, wie ich dachte:

Mann, ist der nett. Vielleicht ein bisschen zu nett – so unerschütterlich, fast von oben herab, nämlich: Egal, wie daneben du dich benimmst und wie viel Mist du baust, an meinem freundlichen, zuvorkommenden, nachsichtigen Wesen wirst du Unbedeutender nicht das Geringste ändern.

Es gab zum Beispiel einen Kollegen, Achim, auch auf Probe, der außer Sprüchen und heimlich Kiffen gar nichts hingekriegt hat. Trotzdem wurde Dirksen nie wütend mit ihm oder auch nur genervt. Immer wieder hat er Achim lächelnd erklärt, dass es so nicht weitergehe, und was er sich von ihm wünsche. So hat Dirksen oft geredet: Ich wünsche mir von dir, von euch … das und das. Klingt erst mal gut. Doch als Achim einmal ein ganzes Gewächshaus unter Wasser gesetzt hat – er hatte vergessen, den Hahn abzudrehen, weil er irgendwas am Handy besprechen musste –, also, als Dirksen ihm da lächelnd gesagt hat, er wünsche sich, dass Achim seine Pflichten in der Gärtnerei endlich ernst nehme, das wirkte schon merkwürdig. Aber ich dachte nicht weiter drüber nach. So war Dirksen eben, was ging's mich an.

Erst später begriff ich, dass Dirksen einen echten Knall hatte. Er glaubte wirklich, etwas Besseres, Besonderes zu sein, über den Dingen zu stehen. Ein geflutetes Gewächshaus – darüber ärgerten sich nur gewöhnliche Menschen. Er lächelte und verzieh. So wie Religiöse, die einen ja auch oft ausgesprochen freundlich behandeln, weil sie Gott gesehen haben und man selber nicht, und ihnen das leidtut, so wie ihnen ein kranker Hund leidtut.

Trotzdem: Am Anfang war Dirksen ein guter Chef, der mir viel erklärte und ein sicheres Gefühl gab. Nie wäre ich auf die Idee gekommen, dass er beim Heimatschutz eine Rolle spielt, geschweige denn eine wichtige. Ich dachte wohl, dass er Pascal mit der Lehrstelle für mich und der Beobachtung des Kindergartens einen Gefallen tat. Aus alter Freundschaft oder so was.

Nach der vierwöchigen Probezeit lud Dirksen mich nach Feierabend zu einem Bier in sein Büro ein, um mir zu sagen, dass er sich freue, mich als Lehrling einzustellen. Eine Woche später fing ich an, nachmittags im Park zu arbeiten.

5

Der Ninu fiel mir gleich am ersten Tag auf. Oder genau genommen ich ihm.

Ich war dabei, in den Rosenbeeten am Zaun Unkraut zu jäten. Ich weiß nicht, Doktor Layton, ob Sie mal dort waren. Der Zaun trennt den Park von der Wiese, in deren Mitte auf einem kleinen Hügel die zum Kindergarten umgebaute alte Villa steht. Sie hat eine große Terrasse, auf der die Kinder bei schönem Wetter mittagessen, einen Balkon, der links und rechts von Marmorengeln gehalten wird, hohe Fenster mit von den Kindern zum Teil bemalten oder beklebten Scheiben, und vor jedem Fenster hängen Holzkästen mit roten Geranien. Auch um die Villa herum sind überall Blumen und Büsche gepflanzt, und damals, Ende Mai, blühte alles und sah aus wie ein riesiger bunter Schwimmring, der sich um die Hausmauern legte. Die Wiese stand relativ hoch, dreißig, vierzig Zentimeter, mit wilden Blumen und Gräsern, um den Spielplatz wuchsen Margeriten und Mohn, und am Zaun zur Straße hohe Sanddornsträucher. Vom Park aus sah man in der Richtung weder die Straße noch andere Häuser, nur die weiße, in der Sonne leuchtende Villa, den blauen Himmel und ein Blütenmeer.

Als Dirksen mich in den Park begleitete, um mir Geräteschuppen und Wasserhähne zu zeigen, rutschte es mir raus: »Das ist aber schön!« Und es war klar, dass ich nicht den Park meinte mit seinen Sandwegen, Bänken voller Taubenscheiße und dürren Rosensträuchern.

Dirksen lächelte wie üblich und sagte: »Tja …« Als könne er dazu mehr sagen, lasse es aber lieber bleiben.

Er trug mir auf, Unkraut zu jäten und am Abend die Rosen zu gießen, um sechs hole er mich wieder ab. Wir verabschiedeten uns, und ich machte mich an die Arbeit. Es war toll, alleine vor mich hin zu wurschteln und mir den Nachmittag einteilen zu können, wie ich wollte. In gewisser Weise war das nun mein Park, wenigstens für die nächsten Monate, und ich nahm mir vor, ihn so bunt und fröhlich zu gestalten wie möglich, am besten so wie die Wiese nebenan.

Während der ersten zwei Stunden hörte ich aus der Villa nur manchmal ein Weinen, und einmal trat eine Kindergärtnerin auf die Terrasse, um zu telefonieren. Ansonsten passierte nichts. Der Wind fuhr durch die Bäume, Schmetterlinge tanzten um mich herum, und auf der Straße hinter mir fuhren hin und wieder ein Auto oder ein Fahrradfahrer vorbei. Ich arbeitete mich mit meiner Schaufel durch die Beete und warf das Unkraut auf einen Haufen.

Von einer Stelle des Parks aus konnte ich die Einfahrt zur Villa und einen Teil des Parkplatzes sehen. Obwohl ich ja wusste, dass es da stehen sollte, überraschte mich der Anblick des Polizeiautos. Es passte so gar nicht ins Bild. Später sah ich einen Beamten auf und ab gehen, in den Händen eine Maschinenpistole.

Kurz nach drei ging die Tür neben der Terrasse auf, und etwa zwanzig Kinder zwischen zwei und fünf Jahren tapsten auf die Wiese. Plötzlich war die Luft voller Geschrei und den Rufen der Kindergärtnerinnen: »Pass auf!«, »Nicht so schnell!« Die meisten Kinder beeilten sich, mit ihren Freunden gewohnte Plätze aufzusuchen: die Schaukel, das Klettergerüst, das Bänkchen unterm Kastanienbaum, den Sandkasten. Zwei oder drei setzten sich ins Gras und weinten. Nur der Ninu blieb auf der Terrasse stehen und schaute sich prüfend um, ob es etwas Neues zu entdecken gab. Wie ein Kapitän, der morgens vor seiner Kajüte den Horizont nach Inseln oder Zeichen eines Wetterwechsels absucht, während in seinem Mund die erste Pfeife qualmt. Anstelle der Pfeife hatte der Ninu einen Schnuller.

Natürlich habe ich das nicht am ersten Tag so beobachtet. Da habe ich den Ninu unter den anderen Kindern erst gar nicht bemerkt. Aber weil er das immer so macht, wenn er nach der Mittagspause aus dem Haus kommt, wird es an dem Tag nicht anders gewesen sein.

Ich schaute den Kindern eine Weile zu, dachte an Pascals Hass auf den Kindergarten und fragte mich, ob er ihn überhaupt schon mal gesehen hatte. Dann machte ich mich wieder an die Arbeit und versuchte, die Gedanken an Pascal zu verdrängen. Der Tag war zu schön. Aber das klappte natürlich nicht. In der kommenden Woche würde sich zeigen, ob er mich wirklich, wie ich hoffte, vergessen hatte oder ob ich mit den Berichten anfangen musste. Ich wollte lauter belangloses Zeug schreiben: *Die Kindergärtnerinnen telefonieren während der Mittagspause auf der Terrasse, um die Kinder nicht beim Schlafen zu stören. Sie sprechen deutsch: »Ich komme heute Abend wahrscheinlich später nach Hause.« Über der Tür zum Garten hängt keine israelische Flagge, sondern ein Glyzinien-Busch. Die Kinder heißen Anton, Henry und Diana – ein bisschen exotisch, aber nicht zu sehr, so wie in Storlitz. Also nicht Hans und Lieselotte, sondern Mario, Jes-*

sica oder wie ich: Rick – nach Humphrey Bogart im Film Casablanca, *weil mein Vater den so mochte …*

Und so weiter. Vielleicht würde Pascal nach ein paar Tagen sagen: Das bringt nichts, Rick, damit können wir nichts anfangen, wir brechen das mit den Berichten ab. Oder von mir aus: Mann, bist du dämlich, lass mich bloß zufrieden mit dem Scheiß!

Für dämlich gehalten zu werden macht mir nichts. Schon gar nicht von einem wie Pascal. Eher wäre es mir unangenehm, von einem wie ihm für klug gehalten zu werden.

Zu dämlich durfte ich allerdings auch nicht wirken. Nicht dass Pascal mir Absicht unterstellte. So dämlich wie nötig, so gutwillig wie möglich – damit sie mir die Lehrstelle nicht wegnahmen.

Während ich so überlegte, spürte ich plötzlich, dass mich jemand beobachtete. Ich sah auf, und kaum drei Meter entfernt stand der Ninu am Zaun und schaute mir bei der Arbeit zu. Er trug einen blauen Baumwoll-Overall, die Ärmel waren hochgekrempelt, und seine kleinen kräftigen Hände lagen locker auf dem Drahtgeflecht. Sein Blick war neugierig wie der eines Handwerkers, der wissen wollte, was der Kollege treibt und ob es womöglich irgendeine Technik abzugucken gibt. Seine blonden Korkenzieherlocken standen wild in alle Himmelsrichtungen.

Nachdem ich die Schaufel hatte sinken lassen, dauerte es eine Weile, bis er den Blick davon löste. Als glaubte er, das Sinkenlassen sei Teil irgendeines Ablaufs, und fürchtete, den nächsten Schritt zu verpassen. Dann sah er auf und mir in die Augen.

Ich nickte ihm zu und sagte »Hallo«, so wie ich es bei jedem gemacht hätte. Ich meine, ich verhielt mich nicht anders, weil vor mir ein Kleinkind stand. Ich lächelte nicht übertrieben, wackelte lustig mit dem Kopf oder so was. Einfach, weil's mir nicht einfiel. Weder kannte ich kleine Kinder, noch hatten sie mich bis dahin interessiert.

Der Ninu verzog keine Miene. Inzwischen weiß ich: wie immer. Früher in der Schule haben wir Blickduell gespielt: wer dem anderen länger in die Augen gucken kann, ohne zu lachen. Der Ninu ist Meister darin. Einige Male habe ich erlebt, wie erwachsene Spaziergänger im Park von seinem forschenden Blick erst ganz begeistert und auch irgendwie geschmeichelt waren. Sie blieben stehen, sagten so was wie: »Na, du bist aber ein süßer kleiner Lockenkopf« und versuchten, durch den Zaun seine Haare zu berühren. Doch dann hörte der Ninu nicht auf zu gucken, starrte sie unverwandt an, und es wurde den Leuten unangenehm. Sie fingen an, nervös zu lachen, wandten sich ab und gingen weiter, ohne sich noch mal umzudrehen.

Es ist, als betrachte der Ninu einen Menschen wie eine fremde Wohnung. Und erst wenn alle Zimmer besichtigt und alle Schränke geöffnet sind, entscheidet er, ob er für eine Weile bleiben möchte.

Ich hielt seinem Blick stand. Dabei kam es mir nicht merkwürdig vor, dass ich mir ein Blickduell mit einem Zweijährigen lieferte. Wie gesagt, ich hatte bis dahin mit kleinen Kindern nichts zu tun gehabt. Vielleicht waren sie wie alle, nur eben kleiner. Später, als ich nach und nach die anderen Kinder durch den Zaun kennenlernte, habe ich dann schon verstanden, dass der Ninu speziell ist. Nicht nur für mich. Marilyn hat ihn Sean genannt, nach Sean Penn. Weil sie findet, dass der so toll lacht und dass der Ninu das auch schon kann. So charmant und auch ein bisschen dreckig. Bei irgendwelchen Späßen, zum Beispiel wenn ich an den Rosen gerochen und ganz verzückt und wie betrunken getan habe oder beim Nachmachen doofer Parkbesucher – »Na, dass die Kinder da so rumschreien dürfen und man nicht mehr in Ruhe seine Zeitung lesen kann! Mecker, mecker!« –, also, da lacht der Ninu sozusagen zweimal: einmal mit mir und einmal über mich. Einmal: Hey, Rick, bist du witzig!, und einmal: Mann, der Rick, was für ein Clown!

Die anderen Kinder lachten eher so, wie ich vor ein paar Tagen geschrieben habe: wegen Gemeinschaft und nicht wegen Komik. Für die musste ich nur die Augen verdrehen oder mit den Händen Hasenohren machen – Hauptsache, es war lustig gemeint. Mit dem Ninu funktioniert das nicht. Wenn er's nicht lustig findet, beschäftigt er sich mit was anderem oder geht einfach weg.

Außerdem klang's cool: Sean nach Sean Penn, Marilyn wie Marilyn Monroe und Rick von Humphrey Bogart. Nachdem wir ein paar Wochen zusammen waren, fingen Marilyn und ich an, über Zukunft und Familie zu sprechen. Wir haben darüber gelacht und so getan, als meinten wir's nicht ernst, weil wir uns ja noch kaum kannten, aber wenn wir nachmittags im Park zu dritt am Zaun saßen, schauten wir dem Ninu zu, als wäre er unser Sohn.

Wir guckten uns also etwa eine Minute lang an, ohne uns zu bewegen, ohne eine Miene zu verziehen. Dann griff der Ninu plötzlich in die Tasche seines Overalls und holte einen kleinen Plastikhund heraus. Er hielt ihn mir entgegen, und als ich nicht gleich reagierte, schob er ihn durch die Drahtmaschen. Der Hund fiel auf meiner Seite des Zauns herunter, der Ninu deutete drauf und sagte bestimmt: »Wauwau!« Ich nahm den Hund und hob die Schultern zum Zeichen, das ich nicht verstand. Woraufhin er fordernd die Hand gegen den Zaun drückte und ich ihm den Hund zurückgab. Er nickte. »Wauwau.«

Es war wie in einem alten Cowboyfilm in einer dieser Szenen, wenn die Cowboys zum ersten Mal auf Indianer treffen. Für die Cowboys klingt alles, was die Indianer sagen, wie ein und dasselbe Wort, und der Plastikhund war die Friedenspfeife. Mit Marilyn lief es ähnlich: Erst betrachtete der Ninu sie lange, dann gab er ihr den Hund, forderte ihn zurück und sagte »Wauwau«, so wie Howgh! oder so was. Und ab dem Moment war man befreundet.

Er bemühte sich, den Plastikhund zurück in die Overalltasche zu kriegen. Ich weiß noch, wie erstaunt ich war, dass es einem, der so selbstbewusst auftrat, solche Schwierigkeiten bereitete, etwas in die Tasche zu stecken. Das sollte mir noch oft passieren. Ich vergaß, wie klein der Ninu war. Einmal habe ich ihm meine Uhr gegeben, weil er die immer so interessiert angeschaut hat und ich tatsächlich meinte, er könne sie schon lesen. Er hat sie dann gleich irgendwo in der Wiese verloren, und eine der Kindergärtnerinnen hat sie gefunden und mir zurückgebracht. Das war, nachdem das Kindergartenpersonal mich als Nachbarn und Freund vom Ninu akzeptiert hatte.

Am ersten Tag fummelte er immer noch mit dem Hund an der Tasche herum, als eine Kindergärtnerin schimpfend angelaufen kam: »Hallo, was soll das?! Was fällt Ihnen ein?! Lassen Sie das Kind in Ruhe!«

Ich erklärte, ich sei der neue Gärtner im Park.

»Das gibt Ihnen kein Recht, die Kinder anzusprechen! Das ist Privatgelände!«

Im Nachhinein muss ich sagen, sie hatte recht. Sowieso, aber besonders, wenn man bedenkt, wer mich dort als Gärtner platziert hatte und warum. Aber in dem Moment fand ich's blöd. Und was ich bis heute nicht verstehe: dass man vor dem Eingang Polizisten mit Maschinenpistolen hat, aber hinten zum Park nur einen Drahtzaun. Natürlich können sie nicht rund um den Kindergarten Wachen postieren oder eine Mauer bauen wie um ein Gefängnis, aber wenigstens eine Alarmanlage sollten sie sich anschaffen.

Jedenfalls nahm die Kindergärtnerin den Ninu mit, und ich verzog mich in den hinteren Teil des Parks, um nicht zu provozieren.

Zwei Tage später kam der Ninu mit Charly, der Kindergärtnerin, die eigentlich Charlotte heißt, wieder zum Zaun. Er zog sie an der Hand hinter sich her, und Charly guckte amüsiert. Ich war dabei, Rosen zu schneiden.

»Guten Tag.«

Ich richtete mich auf. »Guten Tag.«

Die Augen vom Ninu leuchteten aufgeregt, er spitzte die Lippen und deutete mit dem Finger auf mich. »Wauwau!«

»Sie sind also der neue Gärtner.«

»Ja, seit drei Tagen. Gärtnerei Dirksen. Ich werde ab jetzt jeden Nachmittag hier sein.«

»Gut so. In den letzten Jahren kam nur einmal die Woche einer vorbei. Ist alles ziemlich vertrocknet und dürr geworden.«

»Im Gegensatz zu Ihrer schönen Wiese.«

Sie freute sich. »Danke. Wir lassen es etwas wilder wachsen, nicht so etepetete. Das macht den Kindern mehr Spaß.«

»Mir auch. Eine richtige Wiese eben.« Ich lächelte anerkennend.

»Es tut mir übrigens leid wegen vorgestern. Ich war ziemlich unfreundlich zu Ihnen.«

»Ach ...« Ich zuckte mit den Achseln.

»Nun ...« Sie warf mir einen prüfenden Blick zu. Der Ninu zerrte an ihrer Hand, riss sich schließlich los und kam zum Zaun gelaufen. »... Um Kinder macht man sich ja immer Sorgen, außerdem ...«

Wieder warf sie mir einen prüfenden Blick zu. Der Ninu zog den Plasikhund aus der Hosentasche. An dem Tag trug er eine helle Cordhose und ein blaues T-Shirt mit Charlie Brown und Snoopy drauf.

»Wahrscheinlich wissen Sie's nicht, aber Sie haben ja bestimmt die Polizisten vorm Haus gesehen – jedenfalls: Wir sind ein jüdischer Kindergarten und passen darum noch mal besonders auf, verstehen Sie?«

»Glaub schon«, sagte ich, während ich zum Ninu sah.

»Wauwau!« Er schob den Hund durch den Zaun, und diesmal nahm ich ihn, bevor er zu Boden fiel.

»Es gibt nun mal immer noch genug Verrückte und Kranke, die die Juden hassen. Sie werden darüber doch in der Schule gesprochen haben, oder?«

»Klar.« Ich gab dem Ninu den Hund zurück. Ich fühlte mich nicht wohl bei dem Gespräch. Genau genommen belog ich sie zwar nicht, aber es kam mir so vor.

»Wauwau!«

»Wie alt sind Sie?«

Ich lächelte dem Ninu zu, dann sah ich zu Charly auf. »Achtzehn.«

Heute denke ich, der Ninu merkte, dass irgendwas mit meinem Lächeln, meiner Art nicht stimmte. Er betrachtete mich plötzlich skeptisch. Als fragte er sich, ob ich wirklich der war, dem er neulich auf Anhieb seinen Plastikhund gegeben hatte.

»Und da sind Sie mit der Schule schon fertig?«

Verschiedene Gedanken schossen mir durch den

Kopf. Erstens: Berlin Wilmersdorf, jüdischer Kindergarten, bessere Gesellschaft – für die ist Schulabschluss natürlich gleich Abitur und Realschulabschluss was für Leute mit Dachschaden. Zweitens: Aber mit Abitur wird man nur selten Kindergärtnerin. Und drittens: Wenn ich weiter so artig antworte, macht mich das verdächtig. Eigentlich müsste ich sagen: Was geht Sie das an?

Aber »Was geht Sie das an?« wäre eine klare Lüge gewesen, in dem Sinne, dass ich ja wusste, dass meine Gegenwart sie eine Menge anging, viel mehr als sie ahnte. Da machte ich mich lieber verdächtig. Das empfand ich als ehrlich. Wenn sie mir nicht auf die Schliche kam, war das nicht meine Schuld.

»Ich war auf der Realschule. Hab vor einem Jahr abgeschlossen.«

»Aha.« Sie musterte mich nachdenklich, bis sie plötzlich lächelte. »Ach, was frage ich Sie hier eigentlich aus? Bin ich von der Polizei?!« Sie lachte kopfschüttelnd. »Wir sind hier alle ein bisschen paranoid, wissen Sie. Fast jeden Tag kriegen wir irgendwelche Schmähbriefe von wegen Judenkindergarten, deutsche Steuergelder und so weiter. Manchmal auch schlimmer: Wir sollten verrecken, ins Gas – dieses Zeug. Mit so was haben Sie ja wohl nichts zu tun, oder?«

Sie hatte vor der Frage eine kurze Pause gemacht

und schaute nun noch mal prüfend. Abschlussprüfend sozusagen. Dabei wollte sie mich nicht erwischen, sondern beruhigt werden, ein glaubhaftes »Nein« hören. Als ich nicht gleich antwortete, wurde sie unruhig.

»Ich komme aus Storlitz«, sagte ich schließlich, als erkläre das einiges, und das tut es ja auch. »Und ich kenne dieses ›Zeug‹, wie Sie's nennen. Aber ich hab's nie verstanden. Ich meine, den Hass auf Juden.«

Der Ninu stand immer noch da und guckte mich an. Inzwischen eher nachdenklich als skeptisch. Etwas an mir roch komisch. Ich finde den Ausdruck »jemanden riechen können« sehr treffend für das, worum es zwischen Menschen geht. Das ist immer das Erste, und alles, was danach kommt, hängt davon ab. Zum Beispiel der Ninu, als er am ersten Tag zum Zaun gelaufen kam. Oder ich, als ich mich sofort freute, ihn zu sehen. In dem Moment kannten wir noch nichts vom anderen, und trotzdem. Oder mit Marilyn. Klar ist sie ein schöner Anblick, aber schöne Mädchen gibt's einige. Irgendwas hat mich am nächsten Tag den Zug nach ihr absuchen lassen, und ich glaube, es hat mit Geruch zu tun. Kein Geruch wie Knoblauch oder Parfum, sondern einer dahinter. »Jemanden riechen können« geht, selbst wenn der rohe Zwiebeln gegessen hat.

Umgekehrt: Wenn ich jemanden nicht riechen kann, selbst wenn es Tante Bambuschs beste Freundin oder der sehr bemühte Leiter unserer Station hier ist – dann wird das nichts mit uns. Nicht wirklich. Und wenn wir's noch so sehr versuchen.

Der Ninu jedenfalls – das habe ich später noch oft mitgekriegt – ist ein guter Riecher. Und in dem Moment roch er, dass ich wackelte.

»Storlitz ...« Sie runzelte die Stirn.

»Das ist noch hinter Fürstenwalde«, erklärte ich.

»So ...« Sie zögerte. Sie wollte nicht arrogant wirken. Wahrscheinlich hatte sie auch von Fürstenwalde noch nie gehört.

Ich zuckte mit den Schultern. »Muss man nicht kennen. Irgendwelche Käffer in Brandenburg. Ich wollte damit nur sagen, ich weiß, wovon Sie reden, und ich verstehe, dass Sie auf die Kinder besonders gut aufpassen.«

Jedes Wort stimmte, und der Ninu hatte es gemerkt. Er schaute abwartend.

Charly sagte erleichtert: »Das freut mich. Ehrlich.«

Sie sah zum Ninu, und ihr Blick wurde weich. »Anscheinend mag er Sie nämlich. Jedesmal, wenn Sie am Zaun auftauchen, will er zu Ihnen. Gestern haben wir ihn darum gar nicht erst auf die Wiese gelassen. Aber als er vorhin auch gleich wieder in

Ihre Richtung lief... Naja, ich dachte, dann regeln wir das mal.«

Sie lächelte und deutete auf den Ninu. »Das ist der Ninu. Also, eigentlich heißt er Sam, aber seine Eltern kommen aus Frankreich, und Ninu ist dort ein verbreiteter Kosename. Wir nennen ihn inzwischen auch alle so.«

Ich lächelte zurück und sagte zum Ninu: »Ich heiße Rick.«

»Er ist ein netter Kerl.«

»Das merkt man.«

»Wenn er also in nächster Zeit hier am Zaun sein und Ihnen bei der Arbeit zugucken möchte, dann lassen wir ihn das. Sie müssen mir aber ein paar Dinge versprechen: Geben Sie ihm nichts zu essen, auch keine Süßigkeiten. Wenn Sie zwischendurch Brotzeit machen, dann bitte so, dass er's nicht sieht. Er würde sicher was abhaben wollen. Und natürlich müssen Sie auf Ihr Werkzeug, Blumenscheren und so was, aufpassen. Er kommt mit seiner Hand durch die Maschen durch.«

»Okay.«

»Rauchen Sie?«

»Nein.«

»Gut. Und wenn Sie bitte bei Spaziergängern darauf achten würden, dass auch die ihm keine Kekse oder so was zustecken?«

»Na klar.«

Sie machte eine Pause, betrachtete mich noch mal abwägend, bis sie schließlich mit ernster, freundlicher Stimme sagte: »Er wird ganz schön stolz sein, hier unten am Zaun einen großen Freund zu haben.«

Ich nickte. »Ich auch.«

6

Doktor Layton, Sie haben mich in der letzten Sitzung gefragt, ob ich nicht eine Menge von mir auf den Ninu übertrage. Also, in ihm etwas zu erkennen glaube, was eigentlich ich bin. Und dass ich darum mit seinem auch mein eigenes Leben bedroht sah. In der Sitzung war mir nicht klar, wie Sie das genau meinen. Inzwischen habe ich darüber nachgedacht.

Ich habe Ihnen ja erzählt, wie meine Kindheit ungefähr verlief. Der Tod meiner Eltern, Tante Bambusch, meine Verwandtschaft, die einsamen Jahre zwischen sechs und acht bis zum ersten Superman-Heft. Der Ninu hat mich daran erinnert, wie ich vor dem Unfall war. Jedenfalls nehme ich an, dass es eine Erinnerung ist und nicht bloß Phantasie. Ganz sicher kann ich mir da natürlich nicht sein. Aber nachdem ich den Ninu eine Weile erlebt hatte, wusste ich plötzlich, wie es sich anfühlt, morgens mit den Eltern aus der Haustür zu treten, und der ganze Tag und die ganze Welt liegen vor einem.

Wenn es alles zu entdecken gibt und einem nichts Angst macht. Hätte ich das nie erlebt, wäre das Gefühl, denke ich, kaum so deutlich gewesen.

Ich sehe im Ninu also nicht etwas, das ich bin, sondern etwas, das ich war. Trotzdem haben Sie wohl recht, Doktor Layton, aber ist das nicht immer so, wenn man jemanden mag, dass man mehr Gemeinsamkeiten sieht, als tatsächlich vorhanden sind?

Abgesehen davon *war* mein eigenes Leben bedroht. Später sowieso, aber auch schon zu diesem Zeitpunkt und ganz direkt: »Wer ist denn die Hippie-Schlampe, mit der du neuerdings rumziehst?«

Vladimir samstags in der Fußgängerzone, etwa drei Wochen, nachdem ich Marilyn im Zug angerempelt hatte. Da arbeitete ich schon im Park und war am Freitag darauf mit Marilyn dort verabredet. Ich hatte ihr vom Ninu erzählt, und sie wollte ihn kennenlernen.

Ich erschrak. Wo konnte Vladimir mich mit Marilyn gesehen haben? Sie stieg erst in Fürstenwalde zu, und bis zu dem Tag waren wir nur in Berlin zusammen unterwegs gewesen. Spazieren, Eis essen, Kino. Zweimal hatten wir geknutscht, einmal an einer Bushaltestelle und einmal auf dem Rückweg im Zug, aber fest war zwischen uns nichts. Marilyn hatte noch einen Freund in Fürstenwalde. Mit dem lief zwar kaum mehr was, aber es war auch nicht richtig vorbei. Seit einem Jahr arbeitet sie vormittags auf Berliner Wochenmärkten bei verschiedenen Bauern und Gemüsehändlern als Verkäuferin. Nebenbei strickt sie Pullover und Schals und verkauft sie an Freunde und Bekannte. Später will sie mit den Stricksachen und selbstgetöpferten Teekannen von einer Freundin einen eigenen Marktstand aufmachen.

»Wen meinst du?«

»Na komm! Die Kleine aus Fürstenwalde. Jemand hat euch im Zug gesehen: Mhmhmhm...« Er machte einen Kussmund und entsprechende Geräusche. Ich roch seine Bierfahne.

»Hör auf!«

»Ohohoh...! Was Ernstes, ja?«

Ich ärgerte mich. Wie konnte ich so blöd sein, Vladimir meine Gefühle zu zeigen. Ich zuckte mit den Achseln und versuchte, leichthin zu sagen: »Wir sind befreundet.«

»Ach so? Nur befreundet, weiter nichts? Na, dann ist ja gut. Weil mein Bekannter hat mir die Kleine beschrieben: Schöne dicke Titten, dicker Arsch – und da dachte ich: Das wär doch was für unseren fetten Robert, weil der hat nämlich noch nie richtig, nur im Puff, und der braucht natürlich was Stabiles vorm Rohr. Was anderes macht der doch sofort platt. Und Hippie-Schlampen, weiß man ja, können nicht genug kriegen, kann der doofe Heiko seinen auch noch reinstecken, vielleicht wir alle, und dann füllen wir die Kleine richtig schön ab …«

Vladimir grinste.

»Also, was ist? Stellst du sie uns mal vor?«

Ich war völlig gelähmt, auch im Kopf. Ich wollte irgendwas sagen, aber nichts passierte. Dabei sah ich Vladimir wie durch dickes Glas. Nur seine Bierfahne erreichte mich noch.

Fürstenwalde, Storlitz – das ist eine kleine Welt. Wenn sie wollten, konnten sie Marilyn im Nu finden.

Vladimir trat auf mich zu und kniff mir in die Wange. »Hey, Rickilein …! Alles okay. Mach dich locker. War'n Scherz, Mann!«

Er lachte, und seine blutunterlaufenen, besoffenen Augen schauten mich, so kam's mir vor, freundschaftlich an. »Hab ich doch kapiert, dass zwischen euch was läuft. Komm, ich lad dich zum Bier ein. Auf die Liebe! Die Jungs sitzen hinten bei ›Mäxi‹.«

Ich konnte mich immer noch nicht rühren. Als wäre ein LKW nur wenige Zentimeter an mir vorbeigerauscht. Aber mein Gehirn begann wieder zu arbeiten, und zwar panisch: Soll ich mitgehen?

Hilft mir das? Mich ihnen anschließen, als wären wir Freunde, dazugehören? Dann konnten sie Marilyn nichts antun. Freundinnen von Kumpels waren tabu, oder? Ich durfte sie nicht alleine lassen. Sie würden sich hochschaukeln: »Dicke Titten, ey!«, sie würden sagen: »Hey, fahrn wir doch mal hin, schauen uns die Kleine an.« Oder ich durfte Marilyn nicht alleine lassen. Ich musste ihr sagen: »Lass uns weggehen, nach Berlin, untertauchen«, ihr alles erzählen. Über die Jungs, das Schutzgeld, den Heimatschutz – den ganzen Storlitz-Scheiß. Aber würde sie mich danach noch sehen wollen? Einen, der mit Nazis rummacht?

»Was ist jetzt? Kommst du mit?«

Ich sah auf meine Armbanduhr. »Danke, Vladimir, aber ich muss weiter. Tante Bambusch wartet auf mich.«

»Du immer mit der ollen Hexe! Lass sie doch endlich abkratzen!« Er schüttelte den Kopf und seufzte. »Wird Zeit, dass du erwachsen wirst.« Er machte eine Pause, sah mich an, schwankte leicht. Immer noch war sein Blick freundschaftlich. Er wollte tatsächlich mit mir Bier trinken. Nicht zum ersten Mal dachte ich, dass er mich nur deshalb so hasste, weil ich mit ihm nicht befreundet sein wollte. Umso weniger traute ich mich, einfach »Tschüs« zu sagen und zu gehen. *Er* musste die Begegnung beenden. Es war Samstag, und in der Nacht würden sie Radau machen wollen. Vladimir sollte nicht sagen können: »Rick hat mal wieder so getan, als sei er was Besseres. Lässt mich mitten in der Fußgängerzone stehen, wo ich ihn gerade zum Bier eingeladen habe, das schnöselige Schwein! Kommt, lasst uns nach Fürstenwalde fahren und uns die Schlampe vornehmen. Da wird er es sich das nächste Mal schön überlegen, wie er mich behandelt!«

Vladimir fragte: »Wie läuft's mit Pascal?«

»Alles okay. Ich treffe ihn nächste Woche.« Ich nickte und lächelte so ehrlich und untertänig ich konnte. »Vielen Dank noch mal. Du weißt nicht, wie sehr ihr mir geholfen habt.«

»Schon gut. Hauptsache, du baust keinen Scheiß. Mach genau, was Pascal dir sagt, dann hast du deine Ruhe. Also ...« Er hob den Arm zum Hitlergruß, aber weil er so betrunken war, wurde es mehr ein Winken. »... bis bald – und fick nicht so viel, macht die Birne weich!«

Er lachte, drehte sich um und ging mit breiten, unsicheren Schritten davon.

Ich sah ihm nach und redete mir ein, dass noch mal alles gutgegangen sei. Solange ich für Pascal arbeitete, würden sie Marilyn in Ruhe lassen. Dabei flackerten mir Vladimirs Sätze durch den Kopf:

dicke Titten, dicker Arsch, kann der doofe Heiko seinen auch noch reinstecken.

Verstehen Sie, Doktor Layton? Es betraf nicht nur den Ninu – es betraf auch Marilyn, Tante Bambusch und am Ende wahrscheinlich alle, die mit mir zu tun hatten. Stellen Sie sich vor, über Ihre Frau würde so geredet. Wahrscheinlich würden Sie zur Polizei gehen. Aber gehen Sie mal zur Storlitzer Polizei und sagen: »Vladimir Blank hat damit gedroht, gemeinsam mit anderen meine Freundin zu vergewaltigen.« Eine Drohung – wegen so was schauen die doch nicht mal vom Schreibtisch auf. Vladimir und Mario haben vor drei Jahren einen Jungen aus meiner Klasse krankenhausreif geschlagen: Prellungen, Quetschungen, mehrere Rippen und die Nase gebrochen, beinahe hätte er ein Auge verloren. Die Polizei hat zum Vater gesagt: Das sei eine normale Keilerei unter Jungs in dem Alter gewesen und er – der Vater – solle besser keine große Sache draus machen; Vladimir Blank sei ein problematischer Jugendlicher mit einer Menge Gewaltpotential, trotzdem könne man ihn – den Vater – und seine Familie nicht rund um die Uhr beschützen.

Verstehen Sie? So läuft das in Storlitz, da muss man nicht tief bohren. Deshalb weiß ich nach wie vor nicht genau, was ich Ihnen antworten soll. Ob ich im Ninu etwas zu erkennen glaube, was eigentlich ich bin ... Das mag für Sie wissenschaftlich interessant sein, aber verbringen Sie mal einen Abend auf dem Storlitzer Marktplatz an ›Mäxis Wurststand‹ und trinken Bier mit den Leuten. Da kämen Ihnen solche Gedanken vielleicht auch merkwürdig vor.

7

Vier Tage später traf ich Pascal abends nach der Arbeit im ›Café am neuen See‹ im Tiergarten. Er saß abseits von den anderen Gästen in der Ecke neben dem Toiletteneingang. Vor ihm standen ein Glas Bier und ein Teller mit einer Brezel. Hätte er mir vorher nicht beschrieben, wo er sitzt, und mir nicht gewinkt, als ich durch die Tischreihen ging, hätte ich ihn nicht erkannt. Er trug eine schwarze eckige Sonnenbrille, ein gelbes T-Shirt mit dem Aufdruck *Los gehts!*, darüber ein offenes, buntkariertes Hemd, und seine diesmal ungegelten glatten Haare hingen von einem Mittelscheitel geteilt links und rechts über die Ohren. Er sah aus wie ein Dorffest-DJ: netter Typ aus Fürstenwalde, der in Klein-Klitzeklein die Hits der letzten zwanzig Jahre auflegt, Joints rumgehen lässt und den Mädchen vom Leben in der großen Stadt erzählt. Fehlten nur die Ohrringe. Im ersten Moment dachte ich: Vielleicht ist er ganz anders, als ich ihn eingeschätzt habe. Im zweiten: Er hat sich für Berlin verkleidet.

»Na, mein Lieber!«

»Hallo, Pascal!«

Er erhob sich von der Bank und schüttelte mir die Hand. Wie beim letzten Mal war sein Händedruck feucht und übertrieben kräftig.

»Setz dich. Was möchtest du?«

Ich sah auf sein Bier. Er hatte noch keinen Schluck getrunken.

»Ich weiß nicht. Ich überleg's mir, bis der Kellner kommt.«

»Hier ist Selbstbedienung. Ein Saft, ein Bier? Ich hol's dir.«

Er lächelte mich so herzlich an, dass es mir unangenehm war. Ich schaute weg, und mein Blick fiel auf seine langen schmutzigen Fingernägel. Ich entschied mich für ein Bier und sah ihm nach, wie er zum Tresen ging. Er trug hellblaue Hosen und gelbblaue Sneakers. Ich habe vor ein paar Tagen geschrieben, dass ich den Ausdruck »jemanden riechen können« oder eben nicht sehr treffend finde für das, worum es zwischen Menschen geht. Ich kann's nicht erklären, aber der herzlich lächelnde Pascal in Gute-Laune-Kleidung, der mir gerade ein Bier holte, roch noch viel schlechter als der fiese mit schwarzem Lederschlips und Hitlerscheitel vom letzten Mal. Einen Augenblick war ich entschlossen auszusteigen, einfach abzuhauen. Schluss mit der

Lehre – Hauptsache, ich musste nie mehr Pascals feuchte Hand drücken!

Das wär's gewesen. Pascals Hände hätten alles verhindert.

Aber dann dachte ich an den Ninu und Marilyn und dass wir in zwei Tagen im Park verabredet waren und an die Rache der Jungs und dass ich untertauchen müsste und an Tante Bambusch, und dann kam Pascal auch schon vom Tresen zurück.

Er stellte das Bier vor mich hin, setzte sich mir gegenüber, lächelte und hob sein Glas. »Prost, Rick!«

»Prost, Pascal!«

Wir stießen an, und um Pascals musterndem Blick über den Glasrand zu entgehen, tat ich, als schlösse ich vor lauter Genuss die Augen. Als wir die Gläser abstellten, sah ich, dass seins immer noch fast voll war. Gehörte auch Biertrinken zur Verkleidung? War Pascal vielleicht immer verkleidet? Auch im Anzug mit weißem Hemd und Gel im Haar? Einen Moment lang hatte ich die Vorstellung, Pascals Körper sei ganz weiß und fast durchsichtig wie bei einem Wassertier, das tief unten am Meeresgrund lebt. Gegen Sonne und Licht musste er sich schützen, und nur seine Hände mit den scharfen, tödlichen Krallen hatten über Jahrhunderte eine Technik entwickelt, kühlendes Sekret auszustoßen, um bei Tag nicht zu verbrennen. Mister White, der furchtbare Gegner von Cherryman.

»Ich habe deinen Bericht gelesen, Rick. Hast du toll gemacht.«

»Ach ja?«

Ich hatte mit einem Anschiss oder zumindest einer Belehrung gerechnet. Im Bericht standen nur Unwichtigkeiten. Jedenfalls war das meine Absicht gewesen.

Er ging ungefähr so: *Morgens um neun komme ich zu meiner Arbeit in den Park. Die Kinder des Kindergartens* Gan HaChaim *werden bis zehn von ihren Eltern gebracht. Vor dem Eingang stehen oder sitzen im Auto immer zwei Polizisten. Aus der Entfernung bekomme ich nicht viel mit. Ich kann sehen, dass manche Eltern die Polizisten mit Handschlag begrüßen und beim Hinausgehen stehen bleiben, um mit ihnen zu plaudern. Die Polizisten kennen die Eltern und spielen oft einen Moment mit den Kindern. Sie kitzeln sie, heben sie in die Luft oder lassen sie hinters Lenkrad des Polizeiautos…*

Da habe ich übertrieben. Die meisten Eltern grüßten nur schnell im Vorbeigehen, und nur einmal habe ich beobachtet, wie ein Polizist einen Jungen hochhob, damit er das Blaulicht auf dem Autodach berühren konnte. Die Einzigen, die länger mit den Polizisten redeten, waren die Kindergärtnerinnen, die während der Mittagspause, wenn die Kinder schliefen, vor dem Eingang eine Zigarette rauchten. Ich wollte Pascals Wunsch, »Beamte zu finden, die sich über den Dienst beschweren«, als kaum erfüllbar erscheinen lassen.

In Wahrheit verhielten sich die Polizisten möglichst unauffällig. Und auch die Eltern wollten vor ihren Kindern aus den Uniformierten keine große Sache machen.

Außerdem habe ich im Bericht natürlich nicht erwähnt, wie schwach mir der Polizeischutz vorkam. Den Kindergarten zu mehreren zu stürmen oder sich alleine einzuschleichen wäre kein Problem. Im Nachhinein kommt es mir auch komisch vor, dass die Polizisten, die mich jeden Tag am Zaun gesehen haben, nie meinen Ausweis kontrollieren wollten. Wahrscheinlich wissen alle – Polizisten, Eltern, Kindergärtnerinnen –, wie sinnlos die Bewachung im Grunde ist.

Im Bericht fuhr ich fort: *Meistens gegen halb elf kommen die Kinder in den Garten. Sie spielen mit Dreirädern, kleinen Schubkarren, Bällen und im Sandkasten. Oder sie sitzen im Gras und basteln mit Blättern und Stöckchen. Sie sprechen deutsch und singen Lieder mit den Kindergärtnerinnen, »Es tanzt ein Bi-Ba-Butzemann« und »Bruder Jakob, schläfst du noch?«* … Und so weiter.

Pascal sagte: »Ja, man bekommt einen guten Eindruck. Scheint ein richtiges Paradies zu sein!«

Er lachte. Dann beugte er sich vor und raunte: »In Hohenschönhausen haben wir solche Paradiese nicht!«

Bis dahin wusste ich nicht, dass Pascal in Berlin lebt. Ich fragte mich, ob er mich bei der Arbeit im Park heimlich beobachtet hatte, und fühlte mich noch unwohler als zuvor. Als zöge sich ein Netz um mich.

Er fuhr leise fort: »Dabei habe ich gar nichts dagegen, dass ihre Kinder so was haben. Ich habe nur etwas dagegen, dass unsere Kinder so was nicht haben. Verstehst du, Rick? Ich bin gegen die Ungerechtigkeit.«

»Verstehe.«

»Und darum wünsche ich mir eine Umverteilung. Die jüdischen Kinder in Charlottenburg sollen ein bisschen weniger Paradies und unsere deutschen Kinder in Hohenschönhausen ein bisschen weniger Mistbude haben. Das findest du doch auch richtig, oder?«

»Ich denke schon.«

»Nun, Rick, aber hast du schon mal erlebt, dass jemand, der eine Menge Schönes besitzt, freiwillig etwas davon hergibt? Und zwar völlig Fremden, die er nicht kennt?«

»Naja … ich weiß nicht. Ich glaube, ich kenne nicht viele Leute, die eine Menge Schönes besitzen.«

»Siehst du? Du kennst auch eher die Mistbude. Nichts gegen Storlitz, aber … Du weißt, wie ich's meine.«

Das wusste ich.

»Jedenfalls kannst du mir glauben: Niemand, der was Schönes besitzt, gibt davon gerne etwas her. Darum muss man diesen Leuten in den Hintern treten, verstehst du? Ihnen deutlich machen: Hört mal, es tut euch nicht weh, wenn ihr ein bisschen was abgebt, aber es könnte sehr schmerzhaft werden, wenn ihr nichts abgebt. Sehr, sehr schmerzhaft …«

Er betonte die Wörter »sehr, sehr« und nickte mir bedeutungsvoll zu.

Um ihn nicht auflaufen zu lassen, nickte ich zurück. Mir fiel Mario ein. Wahrscheinlich weil ich niemanden kannte, der solches Gequatsche weniger ausstehen konnte als er. Eigentlich war Pascal das perfekte Hassobjekt für Mario. Komisch, dachte ich: Vladimir wäre gerne mit mir befreundet, und Mario hätte einen wie Pascal normalerweise nach fünf Minuten geschlagen.

»Und darum haben wir uns überlegt, dem Kindergarten eine Botschaft, sozusagen einen kleinen

Tritt in den Hintern zukommen zu lassen. Um sie daran zu erinnern, dass es andere Kinder – viele andere Kinder! – gibt, die auch gerne in der Wiese sitzen und Bi-Ba-Butzemann singen würden. Aber sie haben keine Wiese und oft nicht mal ein Liederbuch!«

Er guckte plötzlich so dramatisch und hasserfüllt, als seien *keine* Wiese und *kein* Liederbuch ein Grund zu töten. Wie beim ersten Treffen fand ich Pascal vor allem läppisch. Zu dem Zeitpunkt ahnte ich nicht, dass Pascal etwas von mir wollte, das ganz und gar nicht läppisch war. Ich dachte, ich hätte kapiert: einen anonymen Brief in den Kindergartenbriefkasten oder ein paar Flugblätter vor den Eingang.

Ich fragte: »Was ist die Botschaft?«

Das Hasserfüllte in Pascals Blick verschwand so schnell, wie es gekommen war. Auch das war nur Verkleidung gewesen. Mister White hat keine echte Mimik, weil er keine echten Gefühle hat.

»Das überlegen wir noch. Wir haben verschiedene Ideen. Es soll etwas Symbolisches sein, etwas mit tieferer Bedeutung. Zum Beispiel eine Fotoserie mit Kindern zwischen heruntergekommenen Plattenbauten und der Überschrift ›Gaza Berlin?‹. Verstehst du?«

»Nein.«

»Hast du schon mal vom Gaza-Streifen gehört?«

»In Israel?«

»In Palästina. Das Land heißt Palästina. Die Juden haben es nur besetzt.«

»Verstehe.«

»Sie haben den Palästinensern den guten, fruchtbaren Teil weggenommen und sie auf einem Flecken Wüste eingesperrt. Zaun drum rum, niemand rein, niemand raus, aus die Maus! Nur die Öfen fehlen. Erinnert dich das an was?«

Ich wusste nicht, worauf er hinauswollte. Dass sie dort keine Heizung hatten?

»Hohenschönhausen?«

Pascal lachte. »Na, ganz so schlimm ist es bei uns nicht. Noch nicht. Darum das Fragezeichen. Gaza Berlin? Weil es so schlimm werden könnte – wenn wir nicht aufpassen. Das Fragezeichen bedeutet: Wehret den Anfängen! Ich hab ja gesagt, wir wollen etwas mit tieferer Bedeutung. Sie sollen nicht denken, sie hätten es mit primitiven Schlägern zu tun.«

Mister White lehnte sich zurück, legte die Krallen auf den Tisch und betrachtete mich feierlich. »Jedenfalls sollst du die Tasche mit der Botschaft zum Kindergarten bringen. Aber nicht einfach nur vor die Tür oder in den Garten, sondern du sollst sie ins Haus stellen. Damit sie wissen, jemand ist bei ihnen drin gewesen. Ein bisschen Muffensausen sollen sie schon kriegen.«

»Eine Tasche?«, fragte ich. Ich weiß nicht, warum, aber das Wort »Tasche« wirkte wie ein elektrischer Schlag. Flugblätter oder eine Fotoserie steckt man in einen Umschlag oder vielleicht in eine Tüte. In eine Tasche kommen große, schwere Sachen. Im Nachhinein lässt sich das natürlich leicht behaupten, aber ich schwör's, Doktor Layton, ab dem Moment wuchs die Angst in mir.

»Na, wir hatten zum Beispiel auch die Idee, eine Tüte voll Zigarettenkippen, Hundedreck, Bierflaschen und so was beizulegen. Darauf kleben wir dann einen Zettel: ›Grüße von einem Spielplatz für deutsche Kinder – wie lange soll die Schuld noch dauern?‹ Verstehst du?«

Ich antwortete nicht. Ich überlegte fieberhaft, wie ich da rauskam.

»Wegen Hitler. Alles wegen Hitler. Immer Hitler, Hitler! Darum zahlen wir ihnen doch Villen und riesige Gärten, während unsere Kinder mit Hundescheiße kneten. Wenn's nach ihnen ginge, würden wir noch die nächsten tausend Jahre zahlen. *Ihr* tausendjähriges Reich!«

Ich trank einen Schluck Bier und spürte, wie Pascal mich beobachtete.

»Sie haben Alarmanlagen«, sagte ich schließlich,

»und die Polizisten stehen auch nachts da. Das habe ich auch in meinem Bericht geschrieben.«

»Ich weiß. Wir wollen aber gar nicht, dass du nachts reingehst...«, er grinste schlau, »... sondern mitten am Tag! Stell dir vor, sie finden die Tasche mit unserem Material zu einer Uhrzeit, zu der sie sich völlig geschützt glauben. Das wird ein Schreck! Das kommt in die Zeitung! Und nur darum geht's uns: eine öffentliche Diskussion anzustoßen.«

»Wie soll ich das machen?«

»Du musst ihr Vertrauen gewinnen, Rick. Freunde dich mit den Kindergärtnerinnen an. Du bist doch ein gutaussehender Junge. Geh mal rüber, stell dich vor, frag, ob du was im Garten helfen kannst. Sie haben dich jetzt jeden Tag gesehen, inzwischen gehörst du doch dazu. Die glauben sicher nicht, dass von dir irgendeine Gefahr ausgeht. Vielleicht bringst du auch mal einen Kuchen mit. Von deiner Tante zum Beispiel...«

Er erwähnte Tante Bambusch nicht einfach so. Er zog das Wort »Tante« in die Länge und guckte dabei wie Vladimir, wenn er mich daran erinnerte, dass er und die Jungs mich in der Hand hatten. Im selben Moment verstand ich. Alles war auf gewohnte Weise arrangiert. Wenn ich nicht spurte, griffen sie sich Tante Bambusch oder – schoss es mir durch den Kopf – Marilyn.

Ich spürte, wie mein Gesicht heiß wurde. Ich versuchte, mich zusammenzureißen. »*Geht* von mir denn Gefahr aus?«

»Aber ach was! Gefahr! Ich sag doch: Wir wollen was Symbolisches! Es soll sie ärgern, vielleicht ein bisschen erschrecken, für Wirbel sorgen, weiter nichts. Weißt du, Rick, in der Politik ist es wie im Leben: Wenn du was erreichen willst, musst du Aufsehen erregen. Sonst bist du auch nur eine von Millionen Ameisen, die sich den Rücken krummschuften, abends saufen und die Wand anmeckern. Sauerei hier, Politikerpfeifen da – und nichts ändert sich. Wir aber wollen, dass sich was ändert. Wir wollen unser Land zurück, wir wollen endlich wieder Herr im eigenen Haus sein, Schluss mit der russisch-jüdisch-türkischen Besatzung…«

»Na, na, na!« Eine junge Frau mit weißem Sommerkleid und auf den Kopf geschobener roter Sonnenbrille warf Pascal einen scharfen Blick zu, während sie an unserem Tisch vorbei Richtung Toilette ging. Pascal hatte bei den letzten Sätzen die Stimme gehoben. Er wartete, bis die Frau verschwunden war, dann beugte er sich vor und zischte: »Genau das meine ich: Da kommt so eine verwöhnte Charlottenburger Schlampe und verbietet uns mitten in unserer Stadt, zu sagen, was Sache ist!«

Ich sah zur Seite. Die Frau hatte mir gefallen, ihr

selbstbewusster Gang, ihre Aura. Ich hatte sie augenblicklich einer Welt zugeordnet, die ich nur aus Filmen kannte: junge, erfolgreiche, gutaussehende Menschen mit vielen Freunden, schönen Bildern an den Wänden und Verabredungen in Restaurants. Manchmal träumte ich davon, als erfolgreicher Comic-Zeichner Teil dieser Welt zu sein.

Ich musste weg. Ich wollte nur noch wissen, wie weit sie gehen würden.

»Sie hat eben andere Ansichten. Was ist, wenn ich keine Tasche in den Kindergarten bringen will?«

»Na, aber hoppla ...!« Pascal schaute verblüfft, aber es wirkte wieder nur wie Verkleidung. Im Nachhinein bin ich überzeugt, er hatte von Anfang an mit so was gerechnet. Schließlich wusste er durch die Jungs über mich Bescheid: Kommunisten-Tante, Hippie-Freunde, eine Zeitlang regelmäßiger Gast im ›Club der Freundschaft‹, einem linken Jugendtreff, der alle paar Monate von Rechten überfallen wurde. (Deshalb bin ich auch irgendwann nicht mehr hingegangen.)

»Tja Rick, dafür ist es aber nun leider zu spät. Wir haben eine Abmachung getroffen, erinnerst du dich? Du hast eine Lehrstelle bekommen – und zwar eine, nach der sich Hunderte in deinem Alter die Finger lecken –, und dafür arbeitest du ein bisschen für den Heimatschutz.«

»Ich sollte Berichte schreiben. Das habe ich gemacht.«

»Na, und nun trägst du eben noch eine Tasche ins Haus. Was ist das Problem?«

»Ich will's nicht.«

»Tut mir leid, aber das kann ich nicht akzeptieren.«

Ich hatte das Gefühl, nun fing Pascal an, Spaß zu haben. Vorher, das war nur das übliche Blabla gewesen: Juden, Deutsche, Hohenschönhausen, Ungerechtigkeit. Wahrscheinlich interessierte es ihn selber null. Das Einzige, was ihn interessierte, war er.

»Was heißt das?«

»Das heißt ...« Er brach ab. Die Frau mit der roten Sonnenbrille kam von der Toilette zurück und ging an unserem Tisch vorbei. Sie betrachtete Pascal kalt. Er zeigte ein breites, verkrampftes Lächeln, bei dem nicht klar war, ob er sich über sie lustig machte oder es versöhnlich meinte.

Als sie weg war, sagte er: »Aber geil mit'm Arsch wackeln!« Und wieder war nicht klar, wie er es meinte. Also entweder so: Immerhin 'n geilen Arsch! Oder so: Einen erst wie Dreck behandeln, aber einem dann geil mit'm Arsch vor der Nase rumwackeln! Als hätte die Frau irgendwas anderes für ihn übriggehabt als Verachtung.

Ihr Auftritt machte mir Mut. Ich fragte: »Also, was heißt das, du kannst es nicht akzeptieren?«

Er sah mich an und ließ einige Sekunden vergehen, ohne eine Miene zu verziehen. Wie gesagt, nun schien er Spaß zu haben. Man konnte es von seinen Augen ablesen: Hier kommt der mächtige, superlässige Pascal und macht Hackfleisch aus dir.

»... Das heißt, dass du schon viel zu tief drinsteckst, um uns einfach so abzuservieren.«

Ich steckte also schon viel zu tief drin – der Mut verließ mich so schnell, wie er gekommen war. »Ich serviere niemanden ab«, sagte ich und versuchte ein Lächeln. »Ich möchte nur keine Tasche in den Kindergarten bringen.«

Pascal lachte auf.

»Du bist ein Komiker, Rick! Echt! Möchtest du nicht! Das tut mir aber leid!«

Er schüttelte den Kopf, als könne er es nicht glauben. Dann zeigte er mir die Zähne wie ein angriffslustiger Hund in einem Tom-und-Jerry-Film. Wie gesagt: läppisch, der läppischste Mensch, der mir je begegnet ist, und der, der mir am meisten Angst eingejagt hat.

Ich weiß, Doktor Layton, ich sollte das nicht schreiben, aber wenn ich ganz ehrlich bin: Um Pascal wär's nicht schade gewesen.

»Jetzt pass mal auf, Rick: Wenn du querschießt,

dann ist nicht nur Schluß mit deiner Lehre, dann geht's auch ein paar Leuten an den Kragen. Mir zum Beispiel! Wer hat denn beim Heimatschutz die Verantwortung für dich übernommen? Das ist ein guter Junge, auf den können wir uns verlassen! Und wer hat dich mir empfohlen? Deine Freunde in Storlitz. Die werde ich als Erstes verständigen: Hört mal, ihr habt mir da ein Kameradenschwein untergejubelt. Jetzt, wo er die Lehrstelle hat, glaubt er, er bräuchte sich an keine Abmachung mehr zu halten. Jetzt hat er plötzlich...«, er guckte mit spöttisch hochgezogenen Augenbrauen in die Richtung, in der die Frau verschwunden war, »... andere Ansichten!«

»Pascal, ich habe nur...«

Er ließ mich nicht ausreden: »Und was werden Mario und Vladimir daraufhin machen?« Er grinste. »Ich weiß, du denkst, das sind primitive Schweine. Und weißt du was? Unter uns? Ich denk das auch. Brutale, primitive Schweine, denen es egal ist, ob sie eine alte Frau wie deine Tante oder ein junges hübsches Mädchen wie deine Freundin in Fürstenwalde zusammenschlagen...«

Er grinste immer noch. Ich starrte ihn an.

»Marilyn, nicht wahr? Marilyn Borkowski, Tuchmacherstraße...«

»Bitte, Pascal...« Meine Stimme zitterte.

»Bitte ...?!« Er beugte sich über den Tisch und kam so nah an mich heran, dass ich seinen Bier-mit-Pfefferminzbonbon-Atem riechen konnte. »Bitte, Pascal ...?! Bin ich'n scheiß Sozialarbeiter?!« Er schlug mit der flachen Hand auf den Tisch, aber gerade nur so fest, dass es niemand außer mir hören konnte. »Was bildest du dir ein?! Comics zeichnen, ja?! Tante kauft die Stifte, und Rickilein liegt im Garten unterm Apfelbaum und malt Mickey Mouse! Ich hab mich über dich erkundigt, Fischer! Du glaubst, du bist was Besseres! Meinst, du seist Künstler! Comic-Künstler – da lachen ja die Hühner! Und wahrscheinlich denkst du, weil deine Eltern gegen den Baum gefahren sind, du hättest deine Portion Leid fürs Leben schon abbekommen. Aber so läuft das nicht! Vom Leid ist für jeden immer noch genug da! Verstehst du?« Er kam noch ein bisschen näher heran, so dass sich unsere Nasen fast berührten. Ich konnte mich nicht bewegen. Er flüsterte: »Ein Anruf, und alle, die du liebst, sind hin.«

Er lehnte sich zurück und betrachtete mich. Ich rührte mich nicht. Schließlich griff er in seine Hosentasche, zog ein Handy heraus und legte es vor mich auf den Tisch.

In normalem Ton fuhr er fort: »Das ist für dich. Damit wir uns immer erreichen können. Meine

Nummer ist gespeichert. Ab morgen rufst du mich jeden Abend nach der Arbeit an. Sollte ich eines Tages bis dreiundzwanzig Uhr keinen Anruf von dir erhalten haben…« Er hob Arme und Hände zu einer Geste der Machtlosigkeit. Dann beugte er sich wieder vor und sagte vertraulich: »Ich müsste es melden. Ich könnte gar nicht anders. Die Aktion im Kindergarten ist für den Heimatschutz sehr wichtig. In der Tasche wird neben den symbolischen Dingen ein Fünfzig-Seiten-Text liegen, der unsere Anliegen und Ziele genau erklärt. Es soll unser erster großer Auftritt in Westberlin werden…«

Er schaute erwartungsvoll. Als ich mich immer noch nicht rührte, boxte er mich leicht gegen die Schulter. »Mensch, Rick! Ich will doch auch nicht, dass irgendwem was passiert. Niemand will das. Der Heimatschutz hat immer gesagt: Keine Gewalt. Glaub mir, das sind feine Leute, die arbeiten mit Köpfchen. Das Problem ist nur, dass du jetzt schon zu viel weißt. Wir können dich nicht einfach gehen lassen. Du kennst mich, Dirksens Gärtnerei, unsere Pläne mit dem Kindergarten… Wir haben nun mal eine Abmachung getroffen. Du hättest ja auch nein sagen können. Aber ganz ehrlich, ich finde, du hast völlig richtig entschieden: Eine Lehrstelle in diesen Zeiten! Und denk mal an später. In drei Jahren kannst du deine eigene Gärtnerei aufmachen. Mal angenommen, du und Marilyn, ihr bleibt zusammen, irgendwann wollt ihr Kinder, ein Häuschen... Verstehst du? Das könnte die Chance deines Lebens sein. Und glaub mir, ich bin ein gutes Stück älter als du: So viele Chancen gibt's nicht im Leben. Vielleicht wirst du irgendwann im eigenen Garten sitzen, deine Kinder spielen um dich herum, aus der Küche duftet das Abendessen, in der Garage steht dein neuer Firmenwagen, und du denkst: Ein Glück, dass ich damals die Abmachung mit dem Heimatschutz getroffen habe!«

Er lachte. »Stell dir vor, in riesigen Leuchtbuchstaben ...«, er deutete mit ausgebreiteten Armen ein großes Schild an: »Gärtnerei Fischer!«

Im Nachhinein denke ich, das war der Moment, in dem ich den entscheidenden Fehler beging. Sonst hätten sie nicht so überstürzt reagiert, als ich Pascal an dem Abend nicht angerufen habe. In dem Moment hätte ich ihm etwas vormachen müssen in der Art: Ach, Pascal, Gärtnerei Fischer, davon habe ich immer geträumt, ich will nur nichts falsch machen, ich liebe Marilyn so sehr, und so weiter ...

Und dann Pascal vielleicht: Aber das versteh ich doch, Rick, ich versprech dir, alles wird gut, mach dir keine Sorgen, das vorhin mit Vladimir und Mario habe ich nur gesagt, um dir'n bisschen auf die Sprünge zu helfen ... Und in Gedanken: Er ist tatsächlich so ein Schisser, wie die Jungs in Storlitz gesagt haben, genau der Richtige.

So etwa. Dann hätte ich Zeit gehabt, meinen Ausstieg zu planen, und wahrscheinlich wäre alles anders gekommen.

Aber, wie gesagt, ich bin schlecht im was Vormachen. Ich wünschte, es wäre anders.

Jedenfalls verzog ich keine Miene, als Pascal mir meine Zukunft ausmalte.

Als er die Hände sinken ließ, nahm ich das Telefon vom Tisch, steckte es in die Tasche, sah knapp an seinen Augen vorbei und sagte: »Ich ruf dich also morgen Abend an.« Und während ich aufstand und er überrascht den Mund öffnete: »Jetzt muss ich zum Zug. Danke für das Bier.«

»... Moment mal, Rick!«

Er sah sich um, ob ihm jemand zuhörte, dann beugte er sich vor und zischte: »Du hast nichts zu unserer Abmachung gesagt! Was ist jetzt?«

»Du meinst, ob ich die Tasche in den Kindergarten bringe?«

»Zum Beispiel. Und ob du überhaupt noch dabei bist?« Plötzlich brach es – diesmal, so kam's mir vor, ganz unverkleidet – aus ihm heraus: »Ich sag dir was, Fischer: Du bist ein kleiner mieser Querulant, das hab ich gleich gewusst!«

Das war dumm, fand ich. Weil ich doch ziemlich

offensichtlich das Gegenteil von einem Querulanten bin, nämlich am liebsten meine Ruhe habe.

»Tut mir leid, dass du das denkst. Glaub mir, ich bin noch dabei.« Aber es klang so unglaubwürdig, wie meine Lügen eben meistens klingen. Ich wollte bloß noch weg.

Wir verabschiedeten uns, und ich verließ das Café. Am Ausgang begann ich zu rennen und rannte den ganzen Weg durch den Tiergarten bis zum Hauptbahnhof.

8

Lieber Doktor Layton: Es hat mich berührt, wie besorgt Sie waren, als wir gestern über meinen letzten Comic sprachen. *Cherryman jagt Mister White.* Die Polizei habe ihn in meinem Zimmer auf dem Schreibtisch gefunden, und er würde im Prozess gegen mich verwendet. Mister White sähe exakt aus wie Pascal als Quallenmensch (was ich als Zeichner als Kompliment empfinde). Sie sagten, die Bilder seien sehr brutal, und das Gericht könnte zu dem Schluss kommen, ich hätte meine Phantasien Wirklichkeit werden lassen. Wie einer dieser Verrückten, die jahrelang Ego-Shooter spielen und irgendwann mit echten Waffen in ihre Schule gehen und auf alles schießen, was sich bewegt.

Ich weiß nicht, Doktor Layton, ich kann mir nicht vorstellen, dass ein Gericht es sich so einfach macht. Aber Sie kennen sich natürlich besser aus.

Jedenfalls war es ganz anders. Das Einzige, was mich nach dem Treffen mit Pascal daran gehindert hat, auszuflippen, war der Comic. Ich weiß noch genau, wie ich im Zug saß und eine Dose Bier nach der anderen runterkippte wie Medizin. Ich war außer mir. Ich wusste, dass er recht hatte. »Ein Anruf, und alle, die du liebst, sind hin.«

Natürlich habe ich mir ausgemalt, wie ich Mario und Vladimir zuvorkomme: mit Waffen, Fallen, Hinterhalten. Aber dann kam ich nach Hause, Tante Bambusch schlief schon, und ich habe mich an den Schreibtisch gesetzt und angefangen zu zeichnen.

Ja, die Bilder sind brutal. Ich habe Pascal zerhackt, ihm die Augen ausgestochen, ihn ins Feuer geworfen, mit einem Maschinengewehr in Fetzen geschossen. Aber erstens war das Teil der Geschichte, denn den Quallenmenschen brachte das alles nicht um, er konnte aus einem winzigen Teil Quallengewebe neu entstehen, und Cherrymans Herausforderung war es, eine für Mister White wirksame Tötungsart zu finden. Und zweitens beruhigte ich mich in der Nacht umso mehr, je brutaler die Zeichnungen wurden. Ohne meinen Comic wäre ich bestimmt viel früher durchgedreht.

Jeden Abend nachdem ich mich bei Pascal gemeldet hatte, geriet ich in Panik. War ich am Handy überzeugend gewesen? Oder hatten sie für diese Nacht schon irgendwas geplant, um mich ein für alle Mal zu brechen und gefügig zu machen? Einen

Überfall auf Marilyn, eine Brandbombe in Tante Bambuschs Schlafzimmer? Und wenn sie mich bei der Arbeit im Park heimlich beobachtet hatten, gehörte der Ninu vielleicht auch schon zu denen, die »hin« sein würden?

Der Comic ließ mich die Nächte überstehen. Es war genau umgekehrt: Nicht meine Phantasien wurden Wirklichkeit, sondern meine Wirklichkeit wurde Phantasie. Anfangs jedenfalls. Am Ende war die Wirklichkeit stärker.

Tagsüber verdrängte ich die Angst, so gut es ging. Wenn ich mit Marilyn zusammen war oder mit dem Ninu spielte, vergaß ich sie auch mal eine Weile ganz.

Inzwischen fiel mir beim Gedanken an den Heimatschutz fast immer auch der Ninu ein. Vielleicht weil das am allerwenigsten zusammenpasste. Im Comic gibt es eine Szene, in der Cherryman einen kleinen Jungen vor Mister White rettet. Mister White will den Jungen töten, nur so, weil der Junge freundlich und voll guter Energie ist. Das Gegenteil des Quallenmenschen. Cherryman spießt Mister White mit seinen Ästen auf und wirft ihn in eine Müllpresse. Milchiger, stinkender Saft läuft aus der Presse, aber ein Stück vom Fuß quillt durch einen Spalt, und so kommt Mister White noch mal davon.

Vier Tage nach dem Treffen mit Pascal beschloss ich mitzumachen. Ich wollte die Tasche einer der Kindergärtnerinnen geben und sagen, ich hätte sie am Zaun gefunden. Die Kindergärtnerin würde die Tasche den Polizisten aushändigen, niemand sonst im Haus sähe den Inhalt, und ich hätte meine Aufgabe erledigt. Es gäbe Zeitungsartikel und Fernsehshows, der Heimatschutz erhielte seine »öffentliche Diskussion«, aber die Kinder würden davon kaum etwas mitbekommen.

So malte ich es mir aus, während ich ein Beet umgrub und es von Scherben und Zigarettenkippen säuberte. Vor mir am Zaun saß Marilyn im Gras und schob dem Ninu Johannisbeeren durchs Drahtgeflecht. Sie war nach der Arbeit auf einem Schöneberger Markt mit einem Korb voll Obst gekommen. Die beiden lachten und alberten rum, es war furchtbar. Je fröhlicher sie klangen, umso größer kam mir die Gefahr vor, in der sie sich befanden. Und umso feiger fühlte ich mich, weil ich Marilyn nicht die Wahrheit sagte. Ich wollte sie nicht verlieren. Ich hatte zu lange gelogen, glaubte ich, sie würde mir nie mehr vertrauen können. Einmal kam es mir vor, als hörte ich hinterm Busch noch ein anderes Lachen, Pascal und die Jungs: Guck mal, Ricki-Spasti! Haben wir den reingelegt!

Im Nachhinein klingt es natürlich verrückt, aber

in dem Moment sah ich nur einen Ausweg: Ich musste alles zu Pascals Zufriedenheit erledigen. So würde niemandem etwas geschehen, der Heimatschutz ließe mich bald in Ruhe, und meine Feigheit bliebe mein Geheimnis.

Sie haben mich gefragt, Doktor Layton, warum ich an dem Punkt nicht endlich zur Polizei gegangen bin. Oder zu einer Beratungsstelle für Naziopfer. Sie haben recht, in Fürstenwalde gibt's eine. Die kannte ich sogar, von Flugblättern. Aber selbst wenn mir geholfen worden wäre und man Pascal und die Jungs ins Gefängnis gesteckt und ich fürs Erste nichts zu befürchten gehabt hätte, was wäre denn für mich geblieben? Zurück nach Storlitz und wieder Tante Bambuschs Apfelbäume schneiden? Denn ganz unrecht hatte Pascal ja nicht gehabt: *Das könnte die Chance deines Lebens sein. Vielleicht wirst du irgendwann im eigenen Garten sitzen und denken: Ein Glück, dass ich damals die Abmachung mit dem Heimatschutz getroffen habe.* Berlin, die Lehre, Marilyn, der Ninu – das alles war ja nicht vom Himmel gefallen.

»Hey, Rick!«

»Hey, Rick!«, echote der Ninu.

Ich sah auf. Sie schauten zu mir herüber. Ich bemühte mich, so fröhlich zu gucken wie sie.

»Wir wollen was singen.«

»Singen!«

Ich winkte ab. »Ich muss erst das Beet fertig umgraben.«

»Ach, komm!«

»Komm, Rick! Singen! Bi-Ba-Butzemann!«

Sie winkten mich heran, und mir wurde heiß im Gesicht, meine Hände krallten sich um den Spatenstiel. Ich konnte da jetzt nicht hingehen. Noch schlimmer als die Angst war an diesem Nachmittag meine Scham. Als verheimlichte ich ihnen eine schlimme ansteckende Krankheit, Aids oder so was, und sie wollten, dass wir uns die Arme ritzten und Blutsbrüderschaft schlossen.

»Bi-Ba-Butzemann!«

»Komm, Rick, es ist schon fast fünf. Und er wünscht es sich so sehr.«

»Ninu singen!«

Schließlich stieß ich den Spaten in die Erde und ging hinüber, den Blick gesenkt.

»Rick!« Der Ninu deutete mit dem Finger auf mich und lachte. Dann deutete er auf Marilyn. »Mallelin!« Und auf sich. »Käpm!«

Ich sagte: »Aye, aye, Käpt'n!« und hockte mich zu ihnen.

»Eins, zwei, drei!«, krähte der Ninu.

Und dann sangen wir zusammen: »Es tanzt ein Bi-Ba-Butzemann in unserm Haus herum ...!«

Ich sah, wie die Kindergärtnerinnen von der Terrasse zu uns herüberschauten. Wir müssen einen glücklichen Eindruck gemacht haben.

Um fünf verabschiedeten wir uns mit Küssen durch den Zaun. Der Ninu wollte immer küssen. Marilyn hatte mir erklärt, in Frankreich sei das zur Begrüßung und zum Abschied üblich. Unter Freunden, sogar unter Männern. Sie hatte Französisch in der Schule gehabt und war in den Ferien schon zweimal in Frankreich gewesen.

»Tschüs, Mallelin! Tschüs, Rick!«

»Tschüs, Käpt'n, bis morgen. Pass gut auf dich auf.«

»Morgen wieder singen!«

»So viel du willst«, antwortete Marilyn.

»So vielu willst! Tschü-üs!« Er wandte sich ab und rannte die Wiese hoch. An der Ecke zur Terrasse drehte er sich noch mal um und winkte, und wir winkten zurück. Dann verschwand er hinter der Mauer.

Wir packten unsere Sachen und verließen den Park. Wir wollten eine Pizza essen gehen, bevor wir den Zug nach Hause nahmen. Ich wollte vor allem Bier trinken.

»Was ist los?«, fragte Marilyn auf dem Weg. »Du warst den ganzen Nachmittag so komisch.«

Ich tat, als zögerte ich. Dabei hatte ich gewusst,

dass sie so was fragen würde, und mir eine Erklärung zurechtgelegt.

»Ich weiß, tut mir leid. Ich glaube, ich muss aus Storlitz weg. Ich halt's da einfach nicht mehr aus. Ich will nicht mehr jeden Abend zurück. Es ist blöd wegen Tante Bambusch, und ich habe keine Ahnung, wie sie's aufnehmen wird, aber ... Also, ich habe mir gedacht, ich suche mir eine kleine Wohnung hier in Berlin. Irgendwo, wo's nicht so teuer ist ...«

Vielleicht täuschte ich mich, aber ich hatte den Eindruck, der Blick, den sie mir zuwarf, war nicht nur überrascht, sondern auch bewundernd. So in der Art: Na, sieh mal einer an! Denn eins ist ja klar: Sosehr sie mich zu dem Zeitpunkt mochte – und vielleicht sogar ein bisschen liebte –, mit einem Typ, der noch bei seiner Tante in Storlitz wohnt, plant man keine Zukunft.

»Ich fände das toll«, sagte sie. »Und ich könnte mir vorstellen, dass deine Tante da gar nichts dagegen hat. So wie du sie beschrieben hast ... Die will doch auch nicht, dass du in Storlitz versauerst.« Und nach einer Pause: »Ich helf dir, wenn du magst. Eine Wohnung suchen und einrichten, das würde mir total Spaß machen – und ein bisschen wäre es ja auch meine Wohnung, oder?«

Sie sah mich an, und wir blieben stehen.

»Na klar«, sagte ich, »auch ruhig ein bisschen mehr.«

Dann küssten wir uns.

Nach einer Weile sagte sie: »Komm, ich hab Hunger!«, zog mich an der Hand, und wir rannten los.

Sie rief: »Kapern, Sardellen!«

»Salami, Champignons!«

»Spießer!«

An dem Abend schliefen wir zum ersten Mal miteinander. Auf dem Weg zum Bahnhof auf einer kleinen Wiese im Tiergarten. Es war aufregend und toll, so toll, dass ich den Heimatschutz für mehrere Stunden völlig vergaß. Das war mir seit Tagen nicht mehr passiert. Am Ende mussten wir rennen, um noch den letzten Zug zu kriegen.

Nachdem Marilyn in Fürstenwalde ausgestiegen war, las ich auf dem Handy: *7 Anrufe in Abwesenheit.* Alle von Pascal. Da war es zwar erst Viertel vor zwölf und ich hätte noch zurückrufen können, aber ich fühlte mich so gut, dass ich ihn zum Teufel schickte.

9

Am nächsten Morgen um halb acht erwarteten sie mich am Bahnhof. Heiko, Mario, Robert und Vladimir. Sie mussten die Nacht durchgemacht haben. So sahen sie aus, und anders war es kaum zu erklären, dass sie um diese Uhrzeit schon auf den Beinen waren.

Sie saßen auf einer Bank am Gleis 1. Heiko schlief, den Kopf auf Roberts Schulter. Robert starrte, eine Flasche Bier in der Hand, vor sich hin. Vladimir betrachtete einen Werbeprospekt. Mario hatte den Kopf gegen die Rückenlehne gelegt und trug eine verspiegelte Sonnenbrille.

Ich war aus der Bahnhofshalle durch die Schwingtür getreten und bei ihrem Anblick stehengeblieben. Außer uns befanden sich noch etwa zehn Leute auf dem Bahnsteig. Alle älter, alle in Zeitungen oder Handydisplays vertieft. Was immer passieren würde, niemand käme mir zu Hilfe. Für sie waren wir junges arbeitsloses Pack, das sich ruhig prügeln konnte.

Ich wollte mich wegschleichen. Als ich einen Schritt zurück machte, hob Mario den Kopf.

»Da isser ja.« Er schob die Sonnenbrille auf die Stirn. »Rick…«

Die anderen rappelten sich hoch. Robert kniff Heiko in die Wange. »Aufwachen, Blödi, Ricki-Spasti ist da.«

»Hey, Ricki…« Vladimir ließ den Prospekt fallen und grinste. »Na, endlich, wir haben uns schon Sorgen gemacht!« Er stand auf und streckte sich zufrieden, ohne mich aus den Augen zu lassen.

Mario und Robert standen ebenfalls auf. Robert gähnte und kratzte sich die Wampe. Mario musterte mich voller Verachtung, als hätte ich ihn schwer enttäuscht.

Heute denke ich, Mario war der Einzige, der das Ganze ernst nahm – der wirklich an die Ziele des Heimatschutzes, an meine Aufgabe und daran glaubte, dass man die Welt mit Gewalt zum Besseren verändern müsse. Zum Besseren – was er eben dafür hielt. Für die anderen war es nur ein Spiel oder Zeitvertreib bis zum nächsten Bier. Für Pascal und Vladimir außerdem eine Möglichkeit, sich als was Besonderes zu fühlen, obwohl ihnen jede Begabung fehlte. Mario dagegen war, wenn man so will, ganz rein oder pur. Er hätte noch zum Heimatschutz gestanden, selbst wenn er dafür ins Gefängnis gekommen wäre. Alle anderen, da bin ich mir sicher, hätten schnell die Seite gewechselt. Außer Heiko natürlich, weil er zu blöd für so was war. Aber Vladimir, Pascal und sogar Robert als ordentliche Arbeitslose mit sozialer Ader: Herr Richter, natürlich war ich mit den Zielen nicht immer einverstanden, aber ich wollte mich engagieren, und der Heimatschutz hat mir ein Zuhause gegeben, dabei bin ich völlig unpolitisch, am ehesten noch grün, Natur ist mir sehr wichtig – das konnte ich mir gut vorstellen.

Wer war besser? Wahrscheinlich Vladimir. »Er war für die Gesellschaft nicht verloren«, wie unser Stationsleiter hier sagen würde. Mario war eindeutig verloren. Trotzdem ist er der Einzige von ihnen, mit dem ich in Gedanken manchmal rede. Denn Mario verstand Dinge, er war nicht doof. Das Problem war, dass er an diesen Quatsch glaubte: nützliche Menschen, unnütze, Überlebenskampf, Recht des Stärkeren, Naturgesetze. Ich habe ja schon geschrieben, dass Mario auffallend klein und dünn war. »Recht des Stärkeren« klang aus seinem Mund wie ein Witz. Aber vielleicht sah er es genau andersrum. Vielleicht hielt er die Juden und Schwarzen und Araber für die Starken und glaubte, sich verteidigen zu müssen. Wissen Sie, Doktor Layton, was seine letzten Worte waren? »Das hätte ich dir gar nicht zugetraut, Rick.« Ganz ruhig, fast anerkennend. Verstehen Sie? Er hielt sich an die Regeln, auf Teufel komm raus. Wer den Überlebenskampf gewann, hatte es auch verdient.

Sie kamen auf mich zu wie Cowboys, langsam, mit lässig schlenkernden Armen. Die Umstehenden entfernten sich unauffällig, geräuschlos, ohne aufzublicken, gingen den Bahnsteig hinunter oder verschwanden durch die Schwingtür. Der Gleisbeamte mit Trillerpfeife und Kelle, der in der Mitte des Bahnsteigs darauf wartete, den nächsten Zug abzufertigen, drehte uns den Rücken zu. Ich stand einfach nur da.

Sie bauten sich vor mir auf. Vladimir nach wie vor grinsend, Robert mit glasigem Suff-Blick, Mario hellwach und den Kopf vorgeschoben, als ob er mich gleich mit den Zähnen anfallen wollte.

»Hallo, Mario, hallo, Vladimir, Robert …« Ich nickte ihnen zu. »Alles klar?«

Mario sagte: »Du hast Pascal gestern nicht angerufen.«

»Ich wollte …«

»Du hast die Abmachung gebrochen!«

»Ich wollte ihn gleich von der Arbeit anrufen.«

»Das war nicht die Abmachung!«

»Tut mir leid. Ich hatte gestern Abend einfach keine Zeit.«

»Keine Zeit ...?« Mario verzog das Gesicht, als wollte ich ihn auf den Arm nehmen. »Eine Abmachung ist eine Abmachung!«

»Ich weiß. Ich hab ja gesagt, es tut mir leid.«

»Es tut dir leid – so 'ne Scheiße! Wir haben Pascal versprochen, auf dich sei Verlass! Wir haben ihm unser Wort gegeben!«

Einen Augenblick überlegte ich, ihnen zu sagen, dass Pascal sie für *brutale, primitive Schweine* hielt. Aber ich war mir nicht sicher, ob sie's nicht als Auszeichnung nehmen würden.

Trotzdem überkam mich plötzlich eine Art von Mut oder Zorn. Vielleicht war's auch nur das Gefühl von Ausweglosigkeit: Es war ja egal, sie wollten mich niedermachen, so oder so, dann konnte ich auch mal die Klappe aufreißen. Außerdem war ich immer noch der Mann, der am Abend vorher Sex mit Marilyn gehabt hatte. Ich stand an dem Morgen einfach anders da. Das meine ich wörtlich: Ich fühlte mich stark auf den Beinen, wie ein Sportler; so leicht, glaubte ich, würde mich nichts umwerfen.

Ich erwiderte: »Ehrlich gesagt – ob ich Pascal abends oder morgens anrufe, was macht das für einen Unterschied? Wir planen ja keinen Flug zum Mond oder so was. Ich erzähl ihm, was tagsüber im Kindergarten los war, und meistens ist da nichts los. Und etwas, was ihn interessieren könnte, schon gar nicht. Ich finde, ihr regt euch ganz schön auf.«

Sie starrten mich einen Moment lang ungläubig an, dann begann Vladimir zu lachen. »... Hey, Ricki, coole Sau! Wir regen uns also ganz schön auf. Hysterisch oder so. Wie Mädchen, was?«

Robert guckte Vladimir von der Seite an und grinste in Erwartung einer brutalen Pointe. Mario verzog keine Miene.

Ich erklärte: »Nein, das meinte ich nicht. Ich wollte nur sagen, es gibt keinen Grund, dass ihr hier morgens am Bahnhof auf mich wartet. Ich habe bisher alles gemacht wie besprochen, und gestern Abend war eine Ausnahme. Gleich im Zug werde ich Pascal anrufen und mich entschuldigen.«

Vladimir betrachtete mich amüsiert. »Na schön«, sagte er, »hältst du uns also nicht für Mädchen. Haben wir noch mal Glück gehabt. Sonst hätten wir dir womöglich noch den Schwanz lutschen müssen...«

Robert prustete los und streckte gleichzeitig die Zunge raus, als müsse er kotzen.

»Obwohl: Heiko würde das vielleicht ganz gerne machen. Bei dem fragen wir uns schon seit einer Weile, wie er eigentlich tickt.«

Er sah sich zur Sitzbank um. Heiko lag mit von sich gestreckten Armen und Beinen und offenem

Mund völlig weggetreten über der Armlehne. Zwischen seinen Beinen war ein großer dunkler Fleck auf der Hose.

»Unsere Prinzessin«, sagte Vladimir.

Dann wieder mir zugewandt: »Na, schon ganz geil, Ricki? Kannst ja auch die Augen zumachen und an deine Süße denken: O ja, Marilyn! Tiefer, tiefer! Hauen wir Heiko vorher feste auf die Fresse, dann hat er auch so schöne dicke Lippen ...«

Ich war kurz davor zuzuschlagen. An dem Morgen hätte ich das draufgehabt. Ich dachte, ich würde so lange schlagen und schreien und mich wehren, bis den Bahnbeamten nichts anderes übrigblieb, als die Polizei zu rufen. Und wenn sie mich bis dahin krankenhausreif geprügelt hätten – es war mir in dem Moment egal: Ich wollte so nicht mehr weitermachen.

Doch plötzlich sausten Marios weißblonde Haare an mir vorbei, und seine schmale Hand krallte sich in Vladimirs Sweatshirt. Er streckte sich ihm entgegen, und ich sah, wie Spucke in Vladimirs Gesicht flog. »Kannst du nicht einmal deine blöde Schnauze halten?! Immer diese Kack-Show! Lustig, lustig! Scheiße, wir haben hier'n Auftrag!«

Vladimir erstarrte. Robert hatte den Mund geöffnet und sah erst zwischen beiden hin und her, dann zu Boden.

Ein, zwei Sekunden vergingen, ehe Vladimir mit bemüht ruhiger Stimme sagte: »Okay, okay … ist ja gut.«

Langsam ließ Mario das Sweatshirt los, blieb aber weiter dicht vor Vladimir stehen. »Und lass verdammt noch mal Ricks Freundin aus dem Spiel! Schaff dir doch selber eine an, du Fotze!«

Ich hatte keine Ahnung, was ich davon halten sollte. Erinnerte sich Mario etwa auf einmal an unsere Kindergartenfreundschaft?

Inzwischen denke ich, sie waren an dem Morgen einfach sehr nervös. Es wurde ernst, und sie hatten Angst, ich würde nicht funktionieren. Wahrscheinlich spürte Mario, dass ich für Marilyn einen Aufstand wagen würde, und wollte nicht, dass Vladimir mich unnötig provozierte.

Man hörte den Zug kommen, und Mario sagte: »Und jetzt bringen wir ihn nach Berlin, okay?«

Vladimir nickte. »Okay.«

Ehe ich noch richtig kapierte, packte Robert auf einen Wink Marios hin meinen Arm und sagte: »Komm, Ricki, kleiner Ausflug in die Hauptstadt.«

Sie führten mich ans Ende des Großraumwagens in eine Vierer-Nische. Zum Glück wusste ich, dass Marilyn an dem Tag nicht arbeitete. Bei der Vorstellung, sie wäre in Fürstenwalde zugestiegen und hätte mich so mit den Jungs gesehen, da wird mir jetzt noch schlecht.

Dann holte Robert Heiko. Durchs Fenster sahen wir, wie er sich den leblosen Körper über die Schulter warf. Die anderen Fahrgäste rümpften die Nase, als Heiko an ihnen vorbeigetragen wurde. Bei uns angekommen, legte Robert ihn eine Reihe weiter auf die Sitze. Heiko stöhnte auf, murmelte irgendwas und begann zu schnarchen. Ein unregelmäßiges schlürfendes Geräusch, bei dem man dachte, gleich erstickt er. Augenblicklich breiteten sich Urin- und Biergestank aus. Fünf Reihen weiter standen Leute auf und wechselten den Wagen.

»Scheiß Spießer!«, sagte Mario verächtlich.

»Schwuchteln!«, ergänzte Vladimir.

Mario wandte sich an mich, als wollte er meine Zustimmung: »Bisschen Alk und Pisse – wen stört so was? Der arme Heiko. Wo leben wir denn?!«

Der Mut hatte mich wieder verlassen. Mein Arm tat weh von Roberts Griff, und sie saßen um mich herum wie Gefängniswärter. Und dann Marios Gerede. Bei jedem anderen hätte ich gedacht, er verarscht mich, aber Mario meinte so was ernst.

»Wohin fahren wir?«, fragte ich. Als ich meine Stimme hörte, wurde mir klar, wie eingeschüchtert ich wirklich war. Sie klang, als würde ich gleich anfangen zu heulen.

»Wirst schon sehen«, sagte Mario und sah aus dem Fenster.

Der Himmel war strahlend blau wie seit Wochen, und gleich würde die Sonne hinter den Birkenwäldern auftauchen. Das hatte ich auf den Fahrten zur Arbeit immer sehr gemocht, den Moment, wenn einen die ersten Sonnenstrahlen blenden und einem schon kurz danach so warm ist, dass man die Jacke auszieht.

Mario sagte und blickte dabei nach wie vor aus dem Fenster: »Keiner, der sich mal traut hinzugucken. Mal zu fragen: Hey, was ist mit eurem Freund los, dem geht's wohl nicht gut? Wenn sie der Geruch so stört! Dabei stinken sie selber viel schlimmer, und zwar aus'm Herzen. Wenn wir nicht wären, die würden einen wie Heiko doch einfach aufs Gleis kehren und verfaulen lassen. Völlig allein. Du bist auch völlig allein, Rick, du willst es nur nicht kapieren. Guck mal...«

Er beugte sich zur Seite und sah an mir vorbei den Gang hinunter.

»Da hinten sitzen noch welche. Mit ihren Köfferchen. Erwachsene Männer. Und jetzt pass mal auf...«

Er holte kurz aus und schlug mir mit der flachen Hand klatschend ins Gesicht. Es ging so schnell, dass ich vor Überraschung erst nichts spürte und nur vor Schreck aufschrie. Dann wurde mein Kopf heiß, mehr vor Scham als vor Schmerz, und vor mir deutete Mario in Richtung der anderen Fahrgäste.

»Siehst du? Die haben's alle gehört, manche vielleicht sogar gesehen. Glaubst du, einer käme dir zu Hilfe, wenn wir richtig loslegen würden?«

Ich hielt mir die Wange. Vladimir und Robert hörten Mario aufmerksam zu. Mario beugte sich vor und sah mir in die Augen.

»Du hast uns sicher oft verflucht. Wir waren nicht immer nett zu dir. Dein Kirschbaum, deine Katze, zwei oder drei Mal 'ne ordentliche Abreibung. Aber weißt du was? Wir waren immer da. Und das ist besser, als wenn niemand da ist. Wir waren zusammen im Kindergarten, in der Schule, Ricki, ich kenn dich. Du warst 'n Einzelgänger. Jetzt hast du'n paar Hippiefreunde, aber haben die dir geholfen, als wir deinen Kirschbaum abgemurkst haben? Nein. Hast du sie gebeten, dir zu helfen? Nein. Weil du dich vor ihnen schämst. Weil du Typen wie uns kennst, weil du mit uns aufgewachsen bist. Du schämst dich für deine Herkunft, Rick. Vor deinen sogenannten Freunden. Findest du das richtig? Guck dir Heiko an: Glaubst du, der schämt sich, wenn er aufwacht? Er wird dumm lachen und vielleicht einen von uns vollkotzen, dann haut ihm Robert eine rein, damit er endlich nüchtern wird, und das war's, weiter geht's. Verstehst du? Du gehörst zu uns, Rick. Wir sind deine Leute. Ob du's willst oder nicht. Wie Familie, da geht's auch oft rund.«

Er lächelte. Soweit Mario lächeln konnte. Es sah gequält aus. Vladimir und Robert nickten ernst.

Ich muss zugeben, ich war einen Augenblick gerührt. Er hatte nicht vergessen, dass wir zusammen gestartet waren: Kindergarten Spatzennest, Juri-Gagarin-Schule, Fußball beim FSV Dynamo. Und er wusste Bescheid über mich: den Kirschbaum, meine Freunde. Ich war nicht einfach nur eines ihrer Opfer.

Vielleicht glaubten sie wirklich an das Familien-Ding. Vielleicht war das ihre Art, damit umzugehen, dass ich bei der Aktion sterben sollte. Um ihr Gewissen zu beruhigen. Etwa so: Je näher ich ihnen stand, umso größer würde der Verlust sein, desto wichtiger wirkte die Aktion, umso ehrenvoller wäre mein Tod. Ich wäre ein Held, und sie würden mich nie vergessen! In den nächsten Jahren hätte ich mich in ihren Erinnerungen und Erzählungen womöglich zum engen Freund entwickelt.

Ich sah sie an. Mit ihren ernsten, bedeutungsvollen Mienen wirkten sie wie Teilnehmer eines religiösen Rituals. Und das war's ja auch in gewisser Weise: ein Opferritual.

Beim Blick in ihre Gesichter bekam ich nun richtig Angst. Ich meine, ich hatte schon die ganze Zeit Angst gehabt, aber in dem Moment schien sie zu explodieren. Mein Herz begann zu rasen, und ich roch meinen eigenen Schweiß.

Wieder fragte ich: »Wohin fahren wir?« Es war jetzt das Einzige, was ich noch denken konnte: Wohin fahren wir, und wie komm ich hier raus?

Marios Blick wurde hart. Er hätte mich wohl gerne feierlicher gehabt. Von wegen: Danke, Mario, ich werde mein Bestes geben. Sie wollten eine Männeraktion: Mut, Schicksal, Tragik.

Stattdessen flehte ich: »Bitte, Mario! Sag's mir! Wo fahren wir hin? Was ist hier los? Ihr seht komisch aus ...«

Ich sah, wie er wütend wurde. Einen Jammerlappen in den Tod zu schicken war keine Männeraktion.

»Reg dich ab! Wir fahren nach Berlin, haben wir doch gesagt!« Er sah wieder aus dem Fenster. »Zu Pascal. Du sollst die Tasche mit den Papieren in den Kindergarten bringen. Pascal hat Angst, du würdest demnächst aussteigen, darum will er das noch heute gemacht kriegen. Bis der nächste Gärtner dort eingeführt wäre, würden wieder drei Monate vergehen. Also: Nur 'ne blöde Tasche in 'nen blöden Flur stellen – Ricki, du bist echt 'ne Flasche!«

Er verzog angewidert das Gesicht.

Robert tippte mir gegen den Arm. Ich drehte mich um. Er grinste und hob die Daumen: »Iceman!«

10

Wir fuhren zur Gärtnerei. In der U-Bahn setzten sie sich wie im Zug so um mich herum, dass mir kein Fluchtweg blieb. Auf der Straße nahmen Robert und Vladimir mich in die Mitte. Einige Fußgänger runzelten die Stirn. Ein sauberer junger Mann, der von vier schmutzigen jungen Männern abgeführt wurde. Mario ging vorneweg, Heiko torkelte hinterher. Ich hätte um Hilfe schreien können, aber ob sich jemand eingemischt hätte? Lieber tat ich so, als hätte ich mich mit der Situation abgefunden. Die Jungs durften nicht noch misstrauischer werden. Spätestens beim Überbringen der Tasche mussten sie mich alleine lassen. Dann, so dachte ich, würde ich mit der Tasche direkt zu den Polizisten gehen, die den Kindergarten bewachten.

In Dirksens Büro warteten Dirksen und Pascal. Sie tranken Tee. In der Ecke standen zwei Kästen Bier und mehrere Flaschen Wodka.

Pascal trug Flipflops, weiße Sommerhosen und

ein hellblaues Polo-Shirt. Mister White auf dem Weg ins Schwimmbad.

Dirksen begrüßte mich freundlich: »Na, Rick, da bist du ja. Ich wusste doch, dass wir uns auf dich verlassen können.«

Er gab mir einen Klaps auf die Schulter.

Pascal betrachtete mich kühl. »Hallo, Rick.«

»Hallo, Pascal. Tut mir leid wegen gestern Abend. Ich hab's einfach nicht geschafft...«

Pascal verzog keine Miene.

Dirksen sagte: »Ach, ist doch klar. In deinem Alter, und wenn man verliebt ist.« Er zwinkerte mir zu. Auch er wusste also Bescheid über Marilyn. »Da vergisst man schon mal was. Leider haben wir darum gestern Abend angefangen, uns Sorgen zu machen, ob du unsere Abmachung vielleicht nicht einhalten möchtest? Hätte doch sein können, und hätte ich sogar verstanden. Hast die Lehrstelle bekommen, zu Hause wartet ein Mädchen auf dich, das Leben ist schön – warum noch dieses lästige Zeug für den Heimatschutz erledigen? Nicht wahr?«

»Nein, Herr Dirksen, so war es nicht. Ich hab's auch nicht vergessen. Ich habe...« Ich zögerte. »Ich war mit meiner Freundin zusammen – also zum ersten Mal richtig zusammen, verstehen Sie? Und da konnte ich nicht einfach mittendrin telefonieren.«

Ich versuchte, verschmitzt zu lächeln. Es war furchtbar.

»Na, Rick...!« Er strahlte mich an. »Du hast also gestern zum ersten Mal mit deiner Freundin geschlafen? Toll! Gratuliere!« Er klopfte mir auf die Schulter. »Die Jugend, das Leben – genieß es! Ist doch klar, dass du da nicht das Telefon rausholen konntest!«

Die Jungs hinter mir kicherten wie Zwölfjährige. Vladimir murmelte: »Hallo, Pascal, ich komme gleich...«

Pascal stand nach wie vor in der Ecke, die Arme verschränkt, mit unbewegter Miene: »Wir hatten eine Verabredung.«

Dirksen sagte beschwichtigend: »Aber Pascal... du siehst doch, dass es ihm leidtut.«

Guter Polizist, böser Polizist. Es gab nur einen Fehler an der Show: Sie hätten sich kaum solche Mühe gegeben, wenn es nur darum gegangen wäre, einen verängstigten Kerl mit einer Tasche voll Papier und Spielplatzabfällen über eine Wiese und durch einen unbewachten Hintereingang zu schicken.

»So, jetzt weißt du, warum wir dich von den Jungs haben abholen lassen.«

»Ich wäre sowieso gekommen. Mit demselben Zug.«

»Weiß ich doch. Oder besser gesagt: Habe ich nicht anders erwartet. Aber Pascal war nun mal skeptisch. So, und jetzt wollen wir nach nebenan gehen, ich zeig dir die Tasche, und dann besprechen wir, wie alles laufen soll.« Zu den Jungs gewandt, deutete er auf die Bierkästen und Wodkaflaschen und sagte: »Das ist für nachher. Wenn Rick zurück ist, feiern wir ein bisschen. Bis dahin lasst ihr bitte die Finger davon.«

Dirksen, Pascal und ich liefen über den Hof zum Gerätehaus. Außer unseren Schritten war nichts zu hören, und obwohl es ein normaler Arbeitstag war, sah ich keine Angestellten.

Dirksen schloss in der Ecke neben Spaten und Schaufeln eine Tür auf, die ich bis dahin nicht bemerkt hatte. Er knipste Licht an, und wir betraten das Hinterzimmer. Ein alter Tisch, ein paar Stühle, Kartons, eine nackte Glühbirne – das Übliche. Doch dann sah ich an der Wand die Bilder: plakatgroße Ölgemälde auf echter Leinwand. Ich war überrascht. Warum, weiß ich nicht. Vielleicht weil die Bilder so wenig passten – in das kleine Zimmer, zum Heimatschutz, zur Situation.

Eins zeigte eine nackte blonde Frau mit großem Busen, die vor blauem Hintergrund im Schneidersitz saß, in ihrem Schoß den Erdball, um den sie schützend die Hände gelegt hatte. Darunter stand in schwarzer Schrift: MUTTER ERDE. Auf einem anderen waren zwei junge Männer zwischen Weinreben zu sehen, auf ihren Rücken Körbe voll Weintrauben, hinter ihnen Sonne, Berge, ein Schloss. Darunter stand: ERNTEZEIT – FRÖHLICHKEIT. Ein drittes zeigte ein Baby mit geschlossenen Augen und Nabelschnur, schwarzer Hintergrund, Planeten, Sterne, darunter in weißer Schrift: DAS UNIVERSUM.

»Gefallen sie dir?«, fragte Dirksen.

Ich nickte, ohne ihn anzugucken. Ich fand die Bilder gruselig. Dabei waren sie ganz bunt und sollten hübsch wirken.

»Leider fehlt mir die Zeit, sonst würde ich viel mehr malen. Und wäre vielleicht auch schon besser …« Er lächelte mir zu. Vielleicht erwartete er, dass ich so was sagte wie: Aber viel besser geht's doch gar nicht.

»Pascal hat erzählt, du würdest Comics zeichnen.«

»Ja.«

»Hör bloß nicht damit auf. Eine künstlerische Betätigung ist so wichtig im Leben. Fürs seelische Gleichgewicht, verstehst du?«

Ich wusste nicht, was ich antworten sollte. Fast war ich erleichtert, als Pascal die Tasche auf den

Tisch hob und sagte: »So, und jetzt zu deiner Aufgabe.«

Es war eine schwarze Reisetasche, etwa einen Meter lang und vierzig Zentimeter hoch. Er zog den Reißverschluss auf und nahm ein paar Umschläge und Papiere raus. Obendrauf lag ein Flugblatt, die fettgedruckte Überschrift lautete: *Es reicht!*

»Das sind ein offener Brief und verschiedene Heimatschutz-Texte. Außerdem haben wir noch Geschichtssachbücher und ein paar Fotobände dazugepackt. Diskussionsmaterial. Dadurch ist die Tasche ziemlich schwer, aber du bist ja ein kräftiger Junge.«

Zum ersten Mal seit meiner Ankunft schaute er freundlich. Dann schob er die Umschläge zurück, schloss den Reißverschluss und zog ein kleines Schloss aus der Hosentasche.

»Damit schließen wir die Tasche ab, damit sie eine Weile brauchen werden, um an den Inhalt zu kommen. Die ganze Aktion lebt vom Timing. Da müssen wir uns absolut auf dich verlassen können.«

Ich sah zu Dirksen. Er nickte. »Ja, Rick, wir würden uns wirklich sehr wünschen, dass du dich genau an den Plan hältst. Irgendwann ist uns nämlich die Möglichkeit aufgegangen, dass die Kindergartenleitung die Tasche einfach verschwinden lassen könnte. Um die öffentliche Diskussion, um die es uns geht, zu unterdrücken: woher das Geld für den Kindergarten kommt, wie viel eine Rundumbewachung durch die Polizei den deutschen Steuerzahler kostet, und so weiter.«

Er hielt inne und betrachtete mich genauer, als fiele ihm plötzlich etwas an mir auf. Ich fühlte mich ertappt. Zu diesem Zeitpunkt glaubte ich ihnen schon kein Wort mehr, und vielleicht merkte er das. Ich wartete auf den Moment, in dem sie mich endlich alleine lassen würden und ich mit der Tasche zu den Polizisten rennen konnte.

Schließlich sagte Dirksen mit besorgter Stimme: »Du denkst doch wohl nicht, dass wir etwas gegen die Kinder haben?«

Ich stotterte: »Nein, nein … gar nicht … ich …«

»Jetzt hör mal gut zu, Rick: Wir – Pascal und ich, der Heimatschutz –, wir sind *für* das Leben, verstehst du? Und zwar für jedes Leben. Es gibt Leute, die wollen uns schlechtmachen und in eine bestimmte Ecke stellen, und vielleicht hast du mit denen geredet, und die haben dir erzählt, wir seien Rassisten und Fanatiker oder so was. Alles Unsinn. Weißt du, was wir sind, Rick?« Er machte eine Pause und sagte dann langsam, jedes Wort betonend: »Wir sind Menschen, die sich Gedanken um die Zukunft unseres Planeten, um die Zukunft der Menschheit machen.«

Ich warf einen Blick zu dem Bild mit der nackten Frau, die den Erdball im Schoß hielt.

»Falls du zum Beispiel denkst, wir hätten etwas gegen Juden, dann liegst du völlig falsch. Wir haben nichts gegen Juden. Jeder Jude ist so gut wie ich und du. Wir sind alle Geschöpfe der Natur. Aber – und das ist der entscheidende Punkt: Gibt es auf unserem Planeten genug Platz, genug Raum für alle Geschöpfe? Hunger, Klimakatastrophe, Wassermangel, Epidemien, Kriege ums Öl, die Vernichtung des Regenwalds, leergefischte Meere – woran liegt das denn eigentlich? Was ist das Grundproblem?«

»Ich weiß nicht, Herr Dirksen.«

»Das Grundproblem, sozusagen der Nährboden für alle anderen Probleme, ist die Überbevölkerung.« Er nickte seinen Worten zu. »Weißt du, wie viele Menschen vor zwanzig Jahren auf der Welt lebten, als du geboren wurdest? Fünf Milliarden. Weißt du, wie viele es heute sind? Sieben Milliarden! Das sind fast fünfzig Prozent mehr. Das bedeutet fünfzig Prozent mehr Nahrungs-, Wasser-, Sauerstoff-, Medikamentenbedarf! Ganz zu schweigen von Betten, Fernsehern, Fahrrädern, Autos, Waschmaschinen. Wo soll das alles herkommen? Und wer ist so bescheiden, zu sagen: Danke, ich brauche nur das Nötigste, ich gebe mich zufrieden mit Wasser und Brot? Ich sag's dir ehrlich, Rick:

Ich nicht. Ich will ein Bett und ein Fahrrad und hin und wieder ein ordentliches Stück Fleisch auf dem Teller. Ich will nicht nur vor mich hin vegetieren. Ich habe auch nur ein Leben, und wenn's drauf ankommt, ist mir das mehr wert als das Leben irgendeines Fremden. Und das Leben meiner Frau ist mir auch mehr wert, das meiner Familie, meiner Freunde, meiner Kollegen. Und zwar einfach nur deshalb, weil ich sie kenne – verstehst du? Das macht sie nicht besser als Leute, die ich nicht kenne. Ich behaupte nicht, dass ich gerecht bin. Doch zeig mir einen, der das ist, wenn's ihm an den Kragen geht. Noch mal: Ich habe nichts gegen Juden oder Schwarze oder wen auch immer, aber ich weiß, dass niemand klein beigeben wird, wenn das Trinkwasser nur noch für wenige reicht und wenn Gerechtigkeit nichts weiter bedeutet, als dass wir alle zusammen langsam verdursten. Dazu kommt ...« Er trat an mich heran, hob den Zeigefinger vor mein Gesicht und sagte in gewitztem Ton: »... dass das Trinkwasser nun mal auf meinem Grundstück sprudelt. Und zwar seit vielen Generationen. Ich weiß: pures Glück, ich hätte auch als der Sohn eines Beduinen geboren worden sein können. Ich habe mir meine Eltern in Berlin Wilmersdorf bestimmt nicht ausgesucht. Aber ...« Er hob die Arme. »... das ist es, was die Menschen unterscheidet: das

Glück. Die einen haben's, die anderen nicht. Und ich werde einen Teufel tun, mein Glück gegen eines anderen Pech einzutauschen. Ich werde meine Heimat, mein Trinkwasser, mein Fahrrad nicht einfach hergeben und zusehen, wie meine Kinder an den Rand gedrängt werden, auf schäbige Spielplätze, in schlechte Schulen, abgefüllt mit billigem Essen. Verstehst du, Rick? Ich habe nichts gegen die jüdischen Kinder, aber ich liebe sie nicht mehr als meine eigenen!«

Er stand immer noch dicht vor mir, und ich spürte seinen Atem.

Ich antwortete nicht gleich. Ich dachte, nach so einer Rede gefällt ihm eine Pause, die den Worten mehr Gewicht verleiht. Dabei wich ich seinem Blick nicht aus. Ich schaute erstaunt, beeindruckt. Und das war ich auch. Alles klang sehr logisch.

Schließlich sagte ich: »Verstehe, Herr Dirksen.«

Dirksen betrachtete mich nachdenklich. Dann lächelte er. »Freut mich, mein Lieber. Und nun lass uns mal die Tasche hinbringen. Ist ja alles halb so wild. Ein paar Flugblätter, bisschen Aufsehen erregen, und nachher trinken wir ein Bier miteinander, was?«

»Sehr gerne.«

Er boxte mir leicht gegen den Arm. »Na, wunderbar!«

Pascal stand immer noch am Tisch. Er sagte: »Also, pass auf: Du bringst die Tasche so unauffällig wie möglich über die Wiese und durch den Hintereingang in den Kindergarten. Sobald du im Haus bist, rufst du mit deinem Handy mein Handy an. Du hast dein Handy doch dabei?«

»Klar.«

»Gut. Du musst nichts sagen, nur die Taste drücken, ich sehe ja, wenn deine Nummer erscheint. Dann werde ich sofort die Journalisten verständigen, die jetzt schon ...«, er warf einen Blick auf seine Armbanduhr, »... ganz in der Nähe warten.«

Dirksen sagte: »Verstehst du? Wir haben alles so geplant, dass die Aktion nicht vertuscht werden kann. Die Journalisten werden kaum zehn Minuten später vor der Tür stehen. So lange wie die Kindergärtnerinnen etwa brauchen, um die Tasche aufzukriegen.«

Pascal fuhr fort: »Während du genauso unauffällig, wie du gekommen bist, wieder verschwindest. Und sollte dich trotzdem jemand sehen ... Naja, dann bist du eben der Gärtner von nebenan, der irgendwas ausleihen wollte...«

Beide schauten mich gespannt an. Sie hielten mich ganz klar für dumm. Die Dummen halten mich immer für dumm.

Ich nickte und sagte: »Okay. Dann mal los.« Und

ich habe keine Ahnung, warum, aber plötzlich überkam mich eine Art verrückter Mut.

Ich weiß, was Sie jetzt denken, Doktor Layton: Ich hätte mich für einen Superhelden gehalten und geglaubt, ich müsse die Welt retten – wie Dirksen –, Weltretter gegen Weltretter. Aber ehrlich gesagt: Ein Haus voller Kinder habe ich ja wohl auch gerettet.

Jedenfalls traute ich mich, eine Nummer abzuziehen. Übermütig rief ich: »Sonst kommen wir ja nie zum Bier. Ich hab schon ’nen ganz trockenen Hals!«

Der dumme Rick.

Dirksen und Pascal stutzten, dann lachten sie.

»Das ist gut, Rick!«

»Du bist einer!«

Und während Dirksen mich zum Auto führte, muss Pascal die Taschen vertauscht haben.

11

Ich hab's sofort gemerkt. Natürlich sah die Tasche, die Pascal neben sich auf die Rückbank stellte, genau so aus wie die, die auf dem Tisch gestanden hatte. Gleiche Marke, gleich gefüllt, das gleiche Schloss. Aber der Inhalt drückte sich anders durch den schwarzen Stoff.

Ich setzte mich auf den Beifahrersitz, und Dirksen fuhr los. Während der Fahrt redete Dirksen über eine neue Sonnenblumenzüchtung, die das ganze Jahr blüht. Als ich mich zu Pascal umdrehte, lächelte er mir zu. Zehn Minuten später hielten wir, versteckt hinter einem leeren Baucontainer.

»Wenn du hier runtergehst und die zweite Straße rechts, kommst du zu unserem Park und zum Kindergarten. Wir warten hier auf deinen Anruf. In zehn Minuten, höchstens fünfzehn, okay?«

»Okay.«

»Danach gehst du ganz normal zur Arbeit, und zur Mittagspause kommst du in die Gärtnerei.«

Dirksen gab mir die Hand. »Viel Glück.«

Pascal und ich stiegen aus. Pascal reichte mir die Tasche.

»Mach's gut.«

Als ich in die Straße einbog, die zum Park führte, und sie mich nicht mehr sehen konnten, begann ich zu rennen. Zwei Minuten später erreichte ich das Gerätehäuschen. Mit einer Rosenschere schnitt ich die Tasche auf.

Ich weiß nicht, wie ich's beschreiben soll, Doktor Layton, aber zu dem Zeitpunkt ... Natürlich war ich geschockt, als ich die Drähte, Pascals Handy und den in Plastik eingeschweißten Sprengstoff sah. Auch wenn ich mir nicht sicher sein konnte, dass es sich wirklich um Sprengstoff handelte – doch um was sonst? Im Fernsehen wurde im Zusammenhang mit Terrorgefahr und Selbstmordanschlägen immer wieder über selbstgebastelte Bomben berichtet und wurden Bilder gezeigt.

Aber es warf mich nicht um. Ich hatte ja geahnt, dass sie etwas Größeres planten, als Flugblätter und Bildbände in den Kindergarten zu bringen. Und ich reagierte sofort. Mir war klar, dass jeder Pascals Handy anrufen konnte. Fünfzehn Minuten hatten sie mir gegeben. Dann, so war ich mir sicher, würden sie die Bombe selber hochgehen lassen. So hätte zwar der Anschlag auf den Kindergarten nicht funktioniert, aber sie wären zumindest mich als Zeugen losgeworden.

In einer Ecke des Gerätehäuschens lagerten Säcke mit Blumenerde und Torf. Ich schob die Tasche darunter und rannte hinaus. Auf meiner Uhr waren zehn Minuten vergangen. Ich sah mich um, Park und Wiese waren leer, die Kinder noch in der Villa.

Ich rannte auf die andere Seite des Parks und stellte mich hinter einen dicken Kastanienbaum. Ich hatte das Handy nur benutzt, um Pascal anzurufen. Vielleicht aus Instinkt, damit niemand sonst die Nummer mit mir in Verbindung bringen konnte. Ganz bestimmt aus Ekel. Mit einem Handy von Mister White hatte ich nicht mit Marilyn sprechen wollen.

Ich brauchte also nur die Tastatur freizuschalten und die Wähltaste zu drücken.

Es gab einen mächtigen Knall, und Teile flogen durch die Luft. Als ich am Baumstamm vorbei in die Richtung guckte, war das Häuschen bis auf ein paar Bretter weg. Aus einem kleinen Krater stieg Rauch auf, und von den Bäumen drumherum hingen zerfetzte Äste.

Im nächsten Moment wurden die Türen zur Kindergartenterrasse aufgerissen, und ich hörte aufgeregte Stimmen.

Eine rief: »Polizei!«

So schnell ich konnte, schlug ich mich durch die Büsche und kletterte über den Zaun auf die Straße. Ein Auto fuhr vorbei, ohne dass der Fahrer mich beachtete. Keine Fußgänger. Trotzdem versuchte ich, möglichst ruhig zu gehen. Dabei zitterte ich am ganzen Körper.

Während ich eine große Runde drehte, um von hinten zu Dirksens Wagen zu gelangen, hörte ich Sirenen näher kommen.

Ich glaubte nicht wirklich, dass Dirksen und Pascal noch beim Baucontainer saßen. Entweder sie waren, um die Explosion zu erleben, in die Nähe des Kindergartens gefahren oder gleich zurück in die Gärtnerei. Aber ich wollte sichergehen. Wie gesagt, ich zitterte am ganzen Körper, aber nicht nur vor Schreck oder aus Angst. Hätte ich sie in dem Moment erwischt, wäre ich mit bloßen Händen auf sie losgegangen.

Der Platz hinterm Baucontainer war natürlich leer.

12

Doktor Layton, gestern bei der Sitzung haben Sie mich gefragt, was passiert wäre, wenn die Jungs Marilyn, den Ninu oder Tante Bambusch tatsächlich umgebracht hätten. Also, ob ich auch aus Rache losgezogen wäre. Ich bat Sie, mir Zeit zum Nachdenken zu lassen. Die Antwort ist – soweit man das überhaupt beantworten kann – nein. Ich glaube, die Verzweiflung wäre größer als der Hass gewesen, ich hätte einfach keine Kraft mehr gehabt. Eher hätte ich wohl versucht, mich selber umzubringen.

Aber um Ihre Familie, Ihre Freunde vor Mördern zu schützen – und dass es Mörder waren, wusste ich ja nun –, würden Sie da nicht auch alles machen? Sogar selber zum Mörder werden? Ist das so außergewöhnlich? Weil Sie jetzt natürlich wieder an die Superhelden denken. Doktor Layton, ich bin nicht doof: Das sind Comics, ausgedachte Geschichten, und das weiß ich.

Als ich mich ins Gerätehaus der Gärtnerei

schlich, um mir eine Motorsäge zu holen, habe ich an alles Mögliche gedacht, nur nicht an Batman oder Cherryman. Und dafür, dass die Zeitungen mich später *Massakerman* getauft haben, kann ich nichts. Ich habe nur praktisch gedacht: Ich brauchte eine Waffe, um ihnen gegenübertreten zu können. Eine Waffe, die ich beherrschte.

Ich schlich hinter Büschen und an Traktoren entlang zu Dirksens Büro. Alles war still. Ich lugte durchs Fenster, Dirksen saß hinter seinem Schreibtisch und telefonierte. Soweit ich sehen konnte, war er alleine. Die Bierkästen und Wodkaflaschen waren verschwunden. Ich fragte mich, ob das der Lohn für die Jungs gewesen war dafür, dass sie mich angeheuert hatten.

Ich duckte mich unter die Fenster, lief um die Ecke und trat vor die Eingangstür. Dahinter lief leise Radio, ein Nachrichtensender. Ich prüfte noch mal, ob die Säge genug Benzin hatte, drückte den Choke und nahm das Anwerfseil in die Hand. Dann trat ich die Tür auf.

Ich muss sagen, Dirksen war cool. Der Schreck war ihm nur einen kurzen Augenblick anzusehen. Er tat überrascht, betrachtete die Säge in meiner Hand und sagte in den Hörer: »Jetzt kommt er gerade wieder... Jaja, Rick... Endlich, was?« Und zu mir: »Wir haben uns schon Sorgen gemacht!« Dann wieder in den Hörer: »Also, ich hör mal auf. Bis nachher.«

Er legte den Hörer auf den Tisch und schaute mich lächelnd und neugierig an. »Und?«, fragte er.

Nebenbei lief das Radio. Irgendwas über Klimaschutz.

Ich räusperte mich, mein Herz klopfte bis in den Hals. Ich bekam nur ein Flüstern raus: »Warten Sie auf die Meldung, dass es mich zerfetzt hat?« Ich deutete mit dem Kinn zum Radio.

Er stutzte, runzelte die Stirn: »Bitte? Was für eine Meldung? Kannst du vielleicht ein bisschen lauter sprechen?«

Ich ging zum Regal, in dem das Radio stand. Ich zitterte so sehr, dass ich gar nicht erst versuchte, den Knopf zu drücken. Ich riss das Radio vom Kabel und warf es in die Ecke.

»Na, na...!«, sagte Dirksen.

Ich wiederholte: »Haben Sie auf die Meldung gewartet, dass es mich zerfetzt hat?«

»Spinnst du? Ich weiß nicht, wovon du redest. Hast du die Tasche in den Kindergarten gebracht?«

»Wo sind die Jungs, wo ist Pascal?«

Dirksen zögerte. Dann wechselte er die Taktik.

Ich könnte jetzt sagen, das war sein entscheidender Fehler, aber es wäre eine Lüge. Genauso gut könnte ich behaupten, das unschuldige, nach wie vor leicht überhebliche Lächeln war sein entscheidender Fehler. Tatsächlich war sein entscheidender Fehler, dass er sich in seinem Büro aufhielt.

Er sagte: »Okay, Rick, ich verstehe, dass du ziemlich wütend bist. Lass mich bitte erklären ...«

»Wo sind die Jungs?!«

»Genau darauf will ich ja hinaus, wenn du mich bitte ...«

»Hände auf den Tisch!« Ich trat einen Schritt vor und zog am Anwerfseil, so dass der Motor kurz aufjaulte.

»Okay, okay!« Er hob die Arme in die Luft. »Nur die Ruhe!«

»Wo sind die Jungs?«

»Also, Rick ...« Er seufzte. »Ich sehe, dass du unseren kleinen Plan durchschaut hast. Ich werde dir jetzt nicht lang und breit erklären, dass wir dich alle sehr schätzen und uns den Verlauf anders gewünscht haben und warum wir keine Wahl hatten. Du musst mir nur eins glauben: Es tut mir wirklich leid. Es wäre mir bei weitem lieber gewesen, wir hätten jemanden wie Heiko einsetzen können. Nur dass jemand wie Heiko die Sache wegen mangelnder Intelligenz niemals hingekriegt hätte. Ich weiß, wir haben ein großes Opfer von dir verlangt, aber du wärst als Held in die Geschichte eingegangen.«

Ich habe ja gesagt: Dirksen hatte einen echten Knall.

»Sind sie zu meiner Freundin gefahren?«

Er betrachtete mich einen Moment nachdenklich.

»Lieber Rick, ich weiß, was du denkst. Du denkst, wir hätten versucht, dir das Schlimmste anzutun. Und wahrscheinlich hast du dir vorgestellt…«, er warf einen Blick auf die Motorsäge, »… furchtbar Rache zu nehmen, was ich verstehen kann, auch wenn ich finde, du nimmst das Ganze ein bisschen zu schwer. Ehrlich gesagt: Irgendwann müssen wir alle mal abtreten, und unsere Lebenszeit wird in Anbetracht der Unendlichkeit und des Universums so oder so nur ein Fingerschnipsen gewesen sein. Für einen guten Zweck zu sterben und in guter Erinnerung zu bleiben macht da zumindest einen kleinen Unterschied. Außerdem sind wir uns über eins ja wohl einig: Der schönste Tod ist der schnelle. Du hättest es hinter dir gehabt, Rick, und du hättest nichts gespürt…«

Er schaute wachsam. Ich sah auf seine Hände. Einer wie Dirksen hatte bestimmt eine Waffe im Schreibtisch.

»Aber nun lebst du ja noch, und sieh mal: Wir hätten dir nicht das Schlimmste angetan. Denn weißt du, was das Schlimmste ist? Am Leben zu bleiben und seine Liebsten sterben zu sehen.«

Er machte eine Pause, damit die Worte wirken konnten. Ich schaukelte die Säge leicht hin und her und spürte das Benzin schwappen.

»Nun zu deiner Frage: Nein, die Jungs sind nicht zu deiner Freundin gefahren. Noch nicht. Auch nicht zu deiner Tante. Aber sie werden es in dem Moment tun, in dem du zur Polizei gehst oder einem von uns etwas zustößt. Darum schlage ich dir vor: Lass uns die Sache einfach vergessen. Lass uns in Frieden auseinandergehen, du lässt uns in Ruhe, und ich gebe dir mein Wort: Wir lassen dich in Ruhe. Du hast immer noch deine Lehrstelle hier, und wenn ich dir einen Rat geben darf: Führ deine Lehre zu Ende. In diesen Zeiten – und die Zeiten werden nicht besser – ist eine abgeschlossene Lehre ein Fundament fürs Leben.«

Verstehen Sie, Doktor Layton? Es sollte nie aufhören. Sie hätten mich für immer in der Hand gehabt. Lebenslang. Und weder die Polizei noch irgendeine Naziopfer-Beratungsstelle hätten mir geholfen. In deren Augen war doch vor allem ich der Verbrecher. Schließlich hatte ich die Bombe neben dem Kindergarten gezündet.

Dirksen lächelte mir auf dieselbe aufmunternde Art zu, mit der er mich mit der Tasche voll Sprengstoff losgeschickt hatte. Ich zog das Anwerfseil zweimal durch, und der Motor sprang an. Dann ging alles sehr schnell. Dirksen versuchte, die Schublade seines Schreibtischs aufzuziehen, und ich sägte ihm in den Arm.

Das nur nebenbei: Wenn die Zeitungen schreiben, ich hätte meine Opfer verstümmelt, ist das Unsinn. Es ist nun mal keines ruhig sitzen geblieben, um sich einen sauberen Schnitt verpassen zu lassen.

Dirksen lag schreiend und blutend am Boden. Ich ging um den Tisch herum und sah in der halboffenen Schublade eine Pistole liegen. Dann sägte ich ihm den Kopf ab.

13

Sie haben mich gefragt, wie ich mich gefühlt habe. Ich weiß nicht. Erst stand ich wohl unter Schock. Dann erschrak ich vor der Situation, dem Blut überall, vor Dirksens Leiche und vor mir selber. Ich hatte das getan: Rick Fischer, Baumschulenweg 7, der Sohn von Moritz und Mathilde Fischer. Und alles war echt, die Säge, der Kopf. Das war mein Leben.

Gleichzeitig wusste ich, dass ich die Sache zu Ende bringen musste. Um frei zu sein. Klingt komisch, jetzt wo ich in der Zelle sitze, aber so habe ich es empfunden.

Mit Dirksens Telefon rief ich Marilyn und Tante Bambusch an. Marilyn war bei der Arbeit auf einem Markt in Charlottenburg, Tante Bambusch saß vorm Fernseher.

»Bist du nicht in der Gärtnerei, Rick?«

»Doch, doch. Aber ich komme heute früher. Erschrick nicht.«

»Seit wann erschrecke ich, wenn du kommst?«

»Und wenn Mario und die Jungs bei uns klingeln, lass sie nicht rein.«

»Sowieso nicht. Was ist los mit dir? Du klingst komisch. Bist du erkältet?«

»Ich … ich hatte einen anstrengenden Vormittag.«

»Komm nach Hause. Ich back dir ein Schnitzel.«

Beim Telefonieren sah ich Dirksens Adressbuch auf dem Schreibtisch liegen. Es war aufgeschlagen bei Wiechmann, Pascal, Adresse, Telefonnummer. Nachdem ich aufgelegt hatte, riss ich die Seite heraus und steckte sie ein.

Dann verspritzte ich das Benzin aus dem Motorsägentank im Büro und zündete es an. Ich weiß nicht, warum. Vielleicht hoffte ich, verkohlt sähe Dirksen weniger furchtbar aus. Jedenfalls wollte ich keine Spuren beseitigen. Ich wusste, dass ich mich der Polizei stellen würde.

Ich fuhr mit der U-Bahn zum Hauptbahnhof.

Auf der Fahrt nach Storlitz trank ich im Zug ein paar Bier, aber ich spürte keine Wirkung. Kurz nach ein Uhr mittags stieg ich aus dem letzten Wagen aus, kroch unterm Zaun durch und ging einen Umweg durchs Gewerbegebiet. Vor ungefähr einer Stunde hatte ich die Gärtnerei verlassen. Es war gut möglich, dass Pascal inzwischen vom Feuer und von Dirksen erfahren und die Jungs verständigt hatte.

Ich stellte mir vor, dass sie mich töten wollten, bevor die Polizei mich erwischte und ich den Heimatschutz und den Attentatsplan verraten konnte.

Lehrling tötet aus Frust über Entlassung seinen Chef und bringt sich anschließend selber um. Rick F. war für das Zeichnen blutrünstiger Comics bekannt ... und so weiter. So oder so ähnlich. Pascal hätte das sicher gut arrangiert.

Soweit ich weiß, behauptet er heute, er hätte mich nur einmal kurz bei seinem Freund Dirksen getroffen und das Gefühl gehabt, ich sei geistig verwirrt und leide unter Verfolgungswahn. Drei Tage vor dem Mord hätte Dirksen ihm gesagt, er werde den »verrückten Storlitzer« wegen jähzornigen Verhaltens entlassen.

Ich schlich durch die Nachbargärten um Tante Bambuschs Haus. Meine Vermutung war richtig gewesen: Sie warteten auf mich. Vladimir und Heiko entdeckte ich hinter einem geparkten Auto auf der Straße, Robert saß im Garten hinter Himbeersträuchern, und Mario lag auf dem Dach des Bienenhauses. Ich sah seinen Zigarettenrauch.

Übers Nachbargrundstück kam ich zur Rückwand von Tante Bambuschs Garage. Ich drückte das Fenster ein und kletterte hindurch. Aus dem Geräteschrank nahm ich die *Partner 7000,* überprüfte den Benzinstand und steckte sie in eine alte

Sporttasche. Mit der Tasche über der Schulter ging ich durch den Garten zum Bienenhaus. Ich musste sie in die Falle locken und wollte das nicht in der Garage machen. Unsere Wohnung liegt direkt daneben, und obwohl Tante Bambusch schwerhörig ist, hätte sie bestimmt etwas mitbekommen. Das Bienenhaus steht am Ende des Gartens etwa hundertfünfzig Meter von der Wohnung entfernt. Auf dem Weg dorthin konnten Mario und Heiko mich gut sehen.

Das Bienenhaus heißt nur noch so. Onkel Kurt hatte Bienen gehalten und Honig gemacht. Nach seinem Tod hat Tante Bambusch die Bienen verkauft und die Holzhütte mir und meinen Freunden zum Spielen überlassen. Anfangs war es mal eine Bärenhöhle, mal ein Kaufladen, mal kletterten wir aufs Dach, und es war ein Piratenschiff. Später stellten wir einen CD-Player rein, hörten Hip-Hop und knutschten. Mit vierzehn richtete ich mir das Haus mit meiner ersten Freundin als eigenes Zimmer her, mit Bett und kleinem Gaskocher, auf dem wir Wasser für Vanille-Tee kochten. Später ging ich nur noch hin und wieder zum Kiffen hin.

Das Haus ist etwa fünf mal fünf Meter groß, die Tür lässt sich von innen mit einem Holzbalken verriegeln, und das einzige Fenster ist so schmal, dass nur Katzen durchkommen.

Drinnen stellte ich die Sporttasche neben die Tür auf einen alten Hocker, zog den Reißverschluss auf und legte das Anwerfseil zurecht. Über mir hörte ich, wie Mario leise vom Dach stieg. Ich nehme an, er hat die anderen per SMS verständigt. Fünf Minuten später klopfte es an die angelehnte Tür.

Ich reagierte nicht. Für sie sollte es wirken, als befände ich mich auf der Flucht.

Die Tür ging langsam auf. Mario stand davor, die Hände in den Hosentaschen. Hinter ihm die Jungs.

»Hallo, Rick.«

»Hallo, Mario«, erwiderte ich mit erstickter Stimme. Dafür musste ich mich nicht verstellen, ich war voller Angst, wenn auch aus anderen Gründen, als sie dachten.

»Dürfen wir reinkommen?«

»Ich weiß nicht, Mario. Ich glaube nicht, dass...«

Er unterbrach mich: »He, nur die Ruhe. Ist okay, wir haben mit Pascal telefoniert.«

»Ach ja?«

»Ja. Er hat uns alles erzählt: dass die Bombe am falschen Ort hochgegangen ist und dass du entweder tot bist oder stinksauer. Nun, tot bist du nicht...«

Sie grinsten. Nur Heiko schaute nervös, und sein Gesicht zuckte.

»Pascal und Dirksen schlagen vor, wie vergessen

die Sache einfach.« Er sah mich abwartend an. »Verstehst du? Du auch – du vergisst es auch. Es ist Krieg, Ricki. Im Krieg gibt's Opfer. Sei froh, dass du Glück hattest.«

Ich brachte keinen Ton raus. Falls er mir nichts vormachte, wussten sie nichts von Dirksens Tod.

»Also, dann lass uns mal rein, damit wir alles besprechen können. Was wir sagen, falls die Polizei kommt und so.« Und während er sich an mir vorbeischob: »Das gute alte Bienenhaus! Haben wir hier nicht früher Piraten gespielt?«

Die Jungs folgten ihm. Erst Robert, dann Heiko, zuletzt Vladimir. Es wirkte, als hätten sie Heiko mit Absicht in die Mitte genommen. Aber darüber habe ich erst später nachgedacht. Man sagt doch, einem wird schwarz vor Augen – mir wurde schwarz im Kopf. Ich handelte nur noch.

Als Vladimir durch die Tür war, tat ich drei Sachen fast gleichzeitig. Ich trat Vladimir von hinten die Beine weg, so dass er gegen die anderen stürzte, stieß den Holzbalken vor die Tür und riss die *Partner* aus der Tasche. Ich habe die Maschine immer gut gepflegt, sie sprang sofort an.

Ich sehe noch ihre erschrockenen Gesichter vor mir. Für einen Moment hielten wir alle inne.

Der Erste, der sich wehren wollte, war Mario. Er kam auf mich zugesprungen, und ich erwischte ihn am Bauch. Die anderen versuchten es gleichzeitig. Ich schlug mit der Säge um mich, an mehr kann ich mich nicht erinnern. Als ich den Motor abstellte, waren alle tot bis auf Mario.

Den Kopf gegen die Wand gelehnt, sah er mich an. Obwohl ihm die Gedärme raushingen, flüsterte er anerkennend: »Das hätte ich dir gar nicht zugetraut, Rick.«

Es ist merkwürdig, das zu sagen, aber: Dafür hasse ich ihn noch heute. Einen Augenblick dachte ich tatsächlich: Na, wenn du das so toll findest, dann verreck doch möglichst langsam! Aber im nächsten Moment kippte zum Glück sein Kopf zur Seite, und er starb.

Ich weiß nicht, wie lange ich auf einer der alten Bienenkisten gesessen und zum Fenster hochgeguckt habe. Oder was ich dachte. Ich weiß nur noch, wie es anfing zu riechen und die Fliegen kamen. Irgendwann wischte ich mich und die Säge so gut es ging sauber und packte die Säge zurück in die Tasche.

In Heikos Faust entdeckte ich ein Schmetterlingsmesser. Wahrscheinlich sollte er mich erstechen, und wenn es knapp geworden wäre, hätten sie ihn der Polizei als Schuldigen geliefert.

Sie waren in Dirksens Auftrag gekommen, um

mich als Zeugen umzubringen. »Du lässt uns in Ruhe – wir lassen dich in Ruhe«, das war nur Scheiß. Ich sollte keine Chance haben.

Das entschuldigt meine Tat nicht, aber es gehört doch dazu.

Dass ich dann meinte, ich müsse auch Pascal töten, lag nur an meiner Angst. Nicht der Angst, dass Pascal irgendwem etwas antun könnte. Dafür ist er nicht der Typ. Wie gesagt, der macht sich die Finger nicht schmutzig. Es war die Angst, aufzuhören. Dass es nicht mehr schwarz im Kopf ist.

Trotzdem ließ meine Anspannung auf der Zugfahrt zurück nach Berlin nach. Die Sonne schien durchs Fenster, und ich wurde sogar schläfrig. Als ich mit dem Taxi zu Pascals Adresse fuhr, gähnte ich, und der Taxifahrer witzelte, es sei wohl eine lange Nacht gewesen. Er war der erste normale Mensch, der mit mir sprach, seit ich am Morgen den Storlitzer Bahnhof betreten hatte. Ob ich wollte oder nicht, in meinem Kopf wurde es heller, ich sah die Welt um mich herum wieder.

Vielleicht habe ich mich darum bei Pascals Wohnungstür vor den Spion gestellt. Vielleicht wollte ich, dass er mich und die Säge erblickte und Angst bekam. Ich hatte genug vom Blut. Als ich etwas zu Boden fallen und die Hintertür schlagen hörte, fühlte ich mich erleichtert.

Die Wohnungstür sägte ich dann nur noch auf, um nicht einfach wieder zu gehen. Ich sah den Hinterausgang, die saubere Küche, den Flur mit den Autobildern an der Wand, packte die *Partner* zurück in die Tasche und verließ das Haus.

Ich fuhr zur Polizeiwache in der Nähe des Kindergartens. Ich dachte, dort wissen sie über die Explosion im Park am besten Bescheid. Vielleicht aber auch, weil ich die Gegend noch mal sehen wollte. Am liebsten wäre ich in den Park gegangen und hätte mich kurz an den Zaun gesetzt. Aber da war jetzt natürlich alles abgesperrt.

Nachdem ich zwei Beamten in groben Zügen vom geplanten Anschlag auf den Kindergarten und von den Toten erzählt hatte, bat ich sie, dafür zu sorgen, dass die Kollegen in Storlitz Tante Bambusch auf keinen Fall ins Bienenhaus ließen.

Dann wurde ich abgeführt.

So, Doktor Layton: Ich habe mich bemüht, alles möglichst genau und ehrlich aufzuschreiben. Ich hoffe, das hilft Ihnen, mich und die Geschichte besser zu verstehen.

Natürlich bin ich schuldig. Aber ehrlich gesagt: Die Welt kann schon ein bisschen froh sein, dass nicht einer wie Heiko, der die Bombe auftragsgemäß deponiert hätte, schuldig geworden ist. Oder

Sie finden: Vor Gott sind alle Toten gleich. Dann habe ich Pech gehabt.

Bei unserer letzten Sitzung haben Sie gesagt, dass wir uns erst beim Prozess wiedertreffen. Da werden wir wohl kaum viel Zeit zum Reden haben. Ich will nur, dass Sie wissen: Ich mag Sie, und die Sitzungen waren wichtig für mich, vieles wäre mir alleine nicht klargeworden. Vielleicht ist das komisch, vielleicht möchten Sie von mir nicht gemocht werden. Das täte mir leid.

Lieber Doktor Layton,
ich weiß nicht, ob der Brief Sie erreichen wird. Vielleicht gibt es eine Regel, die Psychologen und Patienten in einem Fall wie meinem privat keinen Kontakt erlaubt. Ich schreibe Ihnen trotzdem, einfach weil ich finde, dass das zu meinem Bericht noch dazugehört.

Gestern Morgen haben mich der Ninu und seine Eltern besucht. Plötzlich standen wir uns in der Besucherzelle gegenüber. Ich hatte die Eltern vorher ja nie gesehen und war überrascht, wie jung sie sind. Höchstens dreißig. Und wie herzlich. Als der Vater mich begrüßte, nahm er meine Hand in beide Hände und drückte sie fest. Die Frau hatte während des ganzen Besuchs glänzende Augen und lächelte mir mitfühlend zu. Befangen waren sie natürlich auch. Immerhin stand vor ihnen der *Massakerman.*

»Wir möchten uns bei Ihnen bedanken«, sagte der Vater. Er sah mich an, räusperte sich, sah zu Boden. »Obwohl die Zeitungen voll davon sind, weiß ich immer noch nicht genau, wie es zu dem Drama gekommen ist, warum Sie hineingezogen wurden und was Sie dazu gebracht hat, auf eine...«

Er zögerte. Im Nachhinein muss ich sagen: Ich schätze es, dass er das Töten erwähnt hat. Einfach weil es zur Wahrheit dazugehört. Als Vater eines der Kindergartenkinder wäre es für ihn bestimmt einfacher gewesen, diesen Teil der Geschichte in meiner Gegenwart auszublenden.

»... solche Art Rache zu nehmen.«

Nach einer weiteren Pause fügte er hinzu: »Außerdem bin ich sicher, dass die Eltern der toten jungen Männer gewaltig leiden.«

Sie sahen sich kurz an, dann fuhr die Frau fort: »Aber für uns haben Sie in erster Linie unseren Sohn gerettet.« Tränen liefen ihr über die Wangen. »Und all die anderen Kinder! Ich weiß nicht – ich stelle mir dauernd vor, der Bombenanschlag hätte geklappt...«

Auf einmal trat sie – ich glaube, auch zu ihrer eigenen Überraschung – auf mich zu und nahm mich in den Arm. Sie zitterte am ganzen Körper. »Es ist so furchtbar! Ich bin Ihnen so dankbar!«

Dann holten sie den Ninu. Er hatte draußen bei seiner großen Schwester gewartet. Er trug den dunkelblauen Overall und wirkte wie immer sehr geschäftig. Als er mich sah, lächelte er. »Rick!« Er wandte sich zu seinen Eltern und deutete mit dem Finger auf mich: »Rick!«

»Ich weiß, mein Spatz«, sagte die Mutter.

»Hallo, Käpt'n!«

Er betrachtete mich prüfend. »Kommen Zaun?«

Ich hob die Schultern. »Keine Ahnung. So bald sicher nicht. Und wenn ich das nächste Mal komme – naja, wahrscheinlich bist du dann schon groß.«

»Schon groß.« Er überlegte.

»Aber wir sehen uns bestimmt.« Das sagte ich mehr für mich als für ihn.

Die Eltern wechselten einen Blick.

Die Mutter sagte: »Spatz, wenn du willst, besuchen wir Rick wieder.« Und zu mir: »Natürlich nur, wenn Ihnen das Freude machen würde.«

»Aber ja.«

»Dann bringen wir vielleicht ein paar Spiele mit, den Bauernhof und Memory – was meinst du?«

Der Ninu nickte.

Ich weiß nicht, ob so ein Spielenachmittag hier möglich wäre, und habe bisher nicht gefragt aus Angst vor einem Nein. Die Mutter wusste es auch nicht, ich sah ihr die Zweifel an.

Zum Abschied gaben mir die Eltern die Hand, und der Ninu und ich küssten uns auf die Wangen.

»Mach's gut, Käpt'n.«

»Auch gut, Rick.«

»Ich werde mich erkundigen, wie das mit den Besuchen geregelt ist, und Ihnen schreiben«, sagte die Mutter. »Und wenn Sie irgendwas brauchen, bitte schreiben Sie mir zurück.«

Als sie gegangen waren, musste ich weinen.

Und heute habe ich erfahren, dass Marilyn eine Besuchserlaubnis beantragt hat. Ich habe ihr in den letzten Wochen mehrere Briefe geschrieben, versucht, ihr alles zu erklären, und einen langen Comic gezeichnet. Eine Liebesgeschichte.

Ich werde sowieso versuchen, meine Zeit hier mit Comic-Zeichnen einigermaßen sinnvoll zu verbringen.

Na ja, das war's. Vielleicht drücken Sie mir die Daumen für das Treffen mit Marilyn.

Mit freundlichen Grüßen,

Ihr Rick Fischer

Jakob Arjouni im Diogenes Verlag

Happy birthday, Türke!

Ein Kayankaya-Roman

»Privatdetektiv Kemal Kayankaya ist der deutsch-türkische Doppelgänger von Phil Marlowe, dem großen, traurigen Kollegen von der Westcoast. Nur weniger elegisch und immerhin so genial abgemalt, dass man kaum aufhören kann zu lesen, bis man endlich weiß, wer nun wen erstochen hat und warum und überhaupt. Dass *Happy birthday, Türke!* trotzdem mehr ist als ein Remake, liegt nicht nur am eindeutig hessischen Großstadtmilieu, sondern auch an den bunteren Bildern, den ganz eigenen Gedankensaltos und der Besonderheit der Geschichte. Wer nur nachschreibt, kann nicht so spannend und prall erzählen.«
Hamburger Rundschau

»Kemal Kayankaya, der zerknitterte, ständig verkaterte Held in Arjounis Romanen *Happy birthday, Türke!*, *Mehr Bier*, *Ein Mann, ein Mord* und *Kismet* ist ein würdiger Enkel der übermächtigen Großväter Philip Marlowe und Sam Spade.« *Stern, Hamburg*

Auch als Diogenes Hörbuch erschienen,
gelesen von Rufus Beck

Mehr Bier

Ein Kayankaya-Roman

Vier Mitglieder der ›Ökologischen Front‹ sind wegen Mordes an dem Vorstandsvorsitzenden der ›Rheinmainfarben-Werke‹ angeklagt. Zwar geben die vier zu, in der fraglichen Nacht einen Sprengstoffanschlag verübt zu haben, sie bestreiten aber jede Verbindung mit dem Mord. Nach Zeugenaussagen waren an dem Anschlag fünf Personen beteiligt, doch von dem fünften Mann fehlt jede Spur. Der Verteidiger der Angeklagten beauftragt den Privatdetektiv Kemal Kayankaya mit der Suche nach dem fünften Mann…

»Die Kriminalromane von Jakob Arjouni gehören mit zu dem Besten, was in den letzten Jahren in deutscher Sprache in diesem Genre geleistet wurde. Er ist ein Unterhaltungsschriftsteller und dennoch ein Stilist. Die Rede ist von einem außerordentlichen Debüt eines ungewöhnlich begabten Krimiautors: Jakob Arjouni. Verglichen wurde er bereits mit Raymond Chandler und Dashiell Hammett, den verehrungswürdigsten Autoren dieses Genres. Zu Recht. Arjouni hat Geschichten von Mord und Totschlag zu erzählen, aber auch von deren Ursachen, der Korruption durch Macht und Geld, und er tut dies knapp, amüsant und mit bösem Witz. Seine auf das Nötigste abgemagerten Sätze fassen viel von dieser schmutzigen Wirklichkeit.« *Klaus Siblewski / Neue Zürcher Zeitung*

Ein Mann, ein Mord

Ein Kayankaya-Roman

Ein neuer Fall für Kayankaya. Schauplatz Frankfurt, genauer: der Kiez mit seinen eigenen Gesetzen, die feinen Wohngegenden im Taunus, der Flughafen. Kayankaya sucht ein Mädchen aus Thailand. Sie ist in jenem gesetzlosen Raum verschwunden, in dem Flüchtlinge, die um Asyl nachsuchen, unbemerkt und ohne Spuren zu hinterlassen, leicht verschwinden können. Was Kayankaya dabei über den Weg und in die Quere läuft, von den heimlichen Herren Frankfurts über korrupte Bullen und fremdenfeindliche Beamte auf den Ausländerbehörden bis zu Parteigängern der Republikaner mit ihrer Hetze gegen alles Fremde und Andere, erzählt Arjouni klar, ohne Sentimentalität, witzig, souverän.

»Jakob Arjouni schreibt die besten Großstadtthriller seit Chandler. Ein großer, fantastischer Schriftsteller. Er ist einer, der sich mühelos über den schnöden Realismus normaler Krimiautoren hinwegsetzt, denn es zählen bei ihm nie allein Indizien, Konflikte und Fakten, sondern vielmehr sein skeptisch heiteres Menschenbild. Arjouni ist es in *Ein Mann, ein Mord* endgültig gelungen, mit seinem Privatdetektiv Kayankaya eine literarische Figur zu erschaffen, die man nie mehr vergisst.« *Maxim Biller / Tempo, Hamburg*

Auch als Diogenes Hörbuch erschienen,
gelesen von Rufus Beck

Magic Hoffmann

Roman

Unlarmoyant, treffsicher und leichtfüßig zeichnet Jakob Arjouni ein Bild der Republik: ein Entwicklungsroman in der Tonlage des Road Movie. Ein Buch voller Spannung und Ironie über einen, der versucht, sich nicht unterkriegen zu lassen, nicht von diesem Land und nicht von seinen besten Freunden.

»Und alle Leser lieben Hoffmann: Jakob Arjouni schreibt einen Roman über die vereinte Hauptstadt, einen Roman über die Treue zu sich selbst, über gebrochene Versprechen, gewandelte Werte, verlorene Freundschaften und die Übermacht der Zeit. Ein literarischer Genuss: spannend, tragikomisch und voller Tempo.« *Frankfurter Allgemeine Zeitung*

Ein Freund

Geschichten

Ein Jugendfreund für sechshundert Mark, ein Killer ohne Perspektive, eine Geisel im Glück, eine Suppe für Hermann und ein Jude für Jutta, zwei Maschinengewehre und ein Granatwerfer gegen den Papst, ein letzter Plan für erste Ängste.
Geschichten von Hoffen und Bangen, Lieben und Versieben, von zweifelhaften Triumphen und zweifelsfreiem Scheitern, von grauen Ein- und verklärten

Aussichten. So ironisch wie ernst, so traurig wie heiter, so lustig wie trocken erzählt Arjouni davon, wie im Leben vieles möglich scheint und wie wenig davon klappt.

»Sechs Stories von armseligen Gewinnern und würdevollen Verlierern, windigen Studienräten und aufgeblasenen Kulturfuzzis. Typen also, wie sie mitten unter uns leben. Seite um Seite zeigt der Chronist des nicht immer witzigen deutschen Alltags, was ein Erzähler heute haben muss, um das Publikum nachdenklich zu stimmen und gleichzeitig zu unterhalten: Formulierungswitz, Einfallsreichtum, scharfe Beobachtungsgabe. Und wie der Mann Dialoge schreiben kann!«
Hajo Steinert/Focus, München

Vier Geschichten auch als
Diogenes Hörbuch erschienen:
Schwarze Serie, gelesen von Gerd Wameling

Kismet

Ein Kayankaya-Roman

Kismet beginnt mit einem Freundschaftsdienst und endet mit einem so blutigen Frankfurter Bandenkrieg, wie ihn keine deutsche Großstadt zuvor erlebt hat. Kayankaya ermittelt – nicht nach einem Mörder, sondern nach der Identität zweier Opfer. Und er gerät in den Bann einer geheimnisvollen Frau, die er in einem Videofilm gesehen hat.
Eine Geschichte von Kriegsgewinnlern und organisiertem Verbrechen, vom Unsinn des Nationalismus und vom Wahnsinn des Jugoslawienkriegs, von Heimat im besten wie im schlechtesten Sinne.

»Hier ist endlich ein Autor, der spürt, dass man sich nicht länger um das herumdrücken darf, was man gern die ›großen Themen‹ nennt. Hier genießt man den Ton, der die Geradlinigkeit, Schnoddrigkeit und den Rhythmus des Krimis in die hohe Literatur hinübergerettet hat.« *Frankfurter Allgemeine Zeitung*

Idioten. Fünf Märchen

Fünf moderne Märchen über Menschen, die sich mehr in ihren Bildern vom Leben als im Leben aufhalten, die den unberechenbaren Folgen eines Erkenntnisgewinns die gewohnte Beschränktheit vorziehen, die sich lieber blind den Kopf einrennen, als einen Blick auf sich selber zu wagen – Menschen also wie Sie und ich. Davon erzählt Arjouni lustig, schnörkellos, melancholisch, klug.

»Jakob Arjouni ist ein wirklich guter, phantasievoller Geschichtenerzähler. Ich versichere Ihnen, Sie werden staunend und vergnügt lesen.«
Elke Heidenreich / Westdeutscher Rundfunk, Köln

Hausaufgaben

Roman

War er seiner Familie, seinen Schülern nicht immer ein leuchtendes Vorbild? Und nun muss Deutschlehrer Joachim Linde »peinlichstes Privatleben« vor seinen Kollegen ausbreiten, um seine Haut zu retten. Denn alles in seinem Leben scheint die schlimmstmögliche Wendung genommen zu haben.

»Jakob Arjouni gelingt etwas ganz Außerordentliches: Sein neuer Roman kommt eigentlich recht unscheinbar daher, unterhaltsam, gut erzählt. Doch mit jedem Kapitel wird die Irritation größer. Unmerklich geht man einem meisterhaften Autor in die Falle, der heimtückisch ein Spiel mit den Perspektiven und den vermeintlichen Fakten betreibt.«
Stefan Sprang / Stuttgarter Zeitung

Chez Max

Roman

Wir befinden uns im Jahr 2064. Die Welt ist durch einen Zaun geteilt: hier Fortschritt und Demokratie, dort

Rückschritt, Diktatur und religiöser Fanatismus. Doch das Wohlstandsreich will verteidigt sein, Prävention ist angesagt wie noch nie. Dies ist die Aufgabe der beiden Ashcroft-Männer Max Schwarzwald und Chen Wu, Partner – aber alles andere als Freunde.

»Jakob Arjouni zeigt nicht nur geschickt kriminalistische Zukunftsaspekte auf, sondern schafft es durch leichte Provokation auch, die Leser zum Hinterfragen der politischen Ereignisse zu bewegen. Ein Roman mit hohem Erinnerungswert.«
Anita Welzmüller/Süddeutsche Zeitung, München

Auch als Diogenes Hörbuch erschienen,
gelesen von Jakob Arjouni

Der heilige Eddy

Roman

Was für ein dummer Zufall: Ausgerechnet vor Eddys Wohnungstür gerät der derzeit meistgehasste Mann Berlins ins Stolpern – Imbissbuden-Millionär und Heuschreckenkapitalist Horst König. Denn das Letzte, was Eddy, ein sympathischer Trickbetrüger, der sich mit dem Ausnehmen betuchter Leute ein Leben als Musiker samt bürgerlicher Fassade im linksalternativen Kreuzberg finanziert, gebrauchen kann, ist die Aufmerksamkeit der Polizei. So wenig wie die von Königs Bodyguards, die draußen auf ihren Chef warten. Zwar weiß sich Eddy zunächst zu helfen, doch dann gerät die Geschichte außer Kontrolle. Der Fall Horst König wird zum Berliner Medienereignis und dessen Familie zum Freiwild für Boulevardjournalisten. Eddy plagt das schlechte Gewissen, und gerne würde er sämtliche Missverständnisse aufklären. Am liebsten gegenüber Königs schöner und exzentrischer Tochter Romy…

»Man weiß nicht, was man mehr bewundern soll: Eddys Lügengeschichten oder die Fähigkeit des

Autors, seinen sympathischen Hochstapler aus fast allen Sackgassen wieder herauszuholen.«
Volker Isfort / Abendzeitung, München

»Ein rasant inszenierter und mit absoluter Treffsicherheit formulierter Roman.«
Elke Vogel / dpa, Hamburg

Auch als Diogenes Hörbuch erschienen,
gelesen von Jakob Arjouni